中国散文 60 强

回眸与神圣的不

池　莉 / 著

北京联合出版公司
Beijing United Publishing Co.,Ltd.

图书在版编目（CIP）数据

回眸与神圣的不 / 池莉著. -- 北京 ： 北京联合出
版公司，2024. 8. --（中国散文60强）. -- ISBN 978
-7-5596-7793-8

Ⅰ. I267

中国国家版本馆CIP数据核字第2024E7N743号

回眸与神圣的不

作　　者：池　莉
出 品 人：赵红仕
出版监制：张晓冬
责任编辑：高霁月
特约编辑：和庚方　张　颖
封面设计：立丰天

北京联合出版公司出版
（北京市西城区德外大街83号楼9层　100088）
三河市同力彩印有限公司印刷　新华书店经销
字数150千字　650毫米×920毫米　1/16　14印张
2024年8月第1版　2024年8月第1次印刷
ISBN 978-7-5596-7793-8
定价：65.00元

"中国散文 60 强"丛书

编委会

丛书总策划

　　张　明　　著名出版人

编委主任

　　邱华栋　　全国政协常委

　　　　　　　中国作家协会副主席、书记处书记

编　委

　　叶　梅　　中国散文学会会长

　　陆春祥　　中国散文学会副会长

　　冯秋子　　中国作家协会原社联部副主任

　　吴佳骏　　《红岩》编辑部主任

　　张　英　　资深媒体人

　　文　欢　　作家、资深编辑

中华散文的文脉与发展

——"中国散文60强"总序

邱华栋

中国是诗的国度，亦是散文的国度。

穿越千年时空，从明清至唐宋，再由魏晋南北朝至两汉先秦一路回溯，汉语言文学中的散文实乃根深叶茂，硕果累累。无论是"唐宋八大家"之雄文美文，还是骈俪多姿的辞赋，以及名垂史册的《史记》《左传》，均为中国文学史上的璀璨明珠。"散文"与"诗"一道，成为中国文学的"嫡系"。尽管，后来从西方引进嫁接技术所催生的"小说"，大有"喧宾夺主"之势，终究还得"认祖归宗"，血脉和基因是无法改变的。

在中国散文流变历程中，曾出现过两次鼎盛期。一次是被文学史家所公认的"先秦散文"时期。其时，伴随着春秋时期的思想解放，诸子蜂起，百家争鸣，一大批散文家以饱满的气血、驳杂的学识和破茧的精神，创造出了散文的繁荣和辉煌局面，对后世产生了极大的影响。

到了"五四"时期，中国散文迎来了第二次鼎盛期。白话文如劲风激浪，吹刮和涤荡着神州大地。沉睡的雄狮醒来了，偃卧的小草开始歌唱。许多学贯中西的进步文人，肩扛文化变革的大纛，冲锋陷阵，掀起了一波又一波的新文学浪潮。《新青年》上刊载的散文，犹如一束束亮光，不但给人以希望，还给人以力量。"五四"以来的散文作品，无论是观念和主题，还是形式和风格，都跟以往的散文迥然不同。最具代表性的，当属鲁迅先生的散文（包括杂文），其刚健、凌厉的文质，疗救了中国散文长久以来颓靡不振、钙质疏流的顽疾。此外，周作人、郁达夫、朱自清、萧红、沈从文等一大批作家的散文创作亦各具特色，呈一时之盛，影响深远。

时代的前行催生了文学的发展，然而文学与时代有时并不同步甚至充满了"张力场"。"五四"的个性解放虽然催生了一批个性鲜明的散文精品，但这样的生态并未持续多久，中国散文的波峰出现了向低谷滑行的趋势。有论者指出，"散文在 50 年代既是对解放区散文文体意识的放大，又是对五四散文文体精神的进一步偏离。这种放大和偏离表现在个体性情的抒发让位于时代共性或者时代精神的谱写，政治标准优先于艺术标准，批判性为歌颂性所取代等诸方面。"（董健、丁帆、王彬彬《中国当代文学史新稿》）1960 年代初，散文创作一度出现了活跃，"专业"从事散文创作的作家群凸显出来，刘白羽、杨朔、秦牧相继登场，迅速成为散文界的三位名家。但他们的作品后人评价褒贬不一，认为其中颂歌式的写法较为单向，这种模式化的写作，不但对散文的建设毫无益处，反而扼杀了散文的个性和神采。

"文革"十年，中国散文更是一片凋零和荒芜，乏善可陈。1970 年代末，一些历经浩劫的作家开始复血，解除思想枷锁，重新拿起笔来写作，中国散文才又凤凰涅槃，焕发生机。加之各种文学刊物纷纷复刊和创刊，以及大量西方文化读物的译介出版，更为这些饥渴、桎梏太久的散文作者提供了登台亮相的舞台和瞭望世界的窗口。

1980 年代初期，伴随改革开放的热潮，思想解放大旗招展，文化随之繁荣，诸多承续"五四"精神的作家以笔为旗，抒发胸中压抑既久之块垒，出现了一批抒情性质浓郁的散文，使得现代散文这块"百花园"芳菲争艳，蔚为大观。特别是 1980 年代中期，随着作家主体意识的不断强化，中国文学开始呈现出一个崭新局面，作家从"集体意识"中抽身而出，重新返回"个体"，注重对生活的体察和内在情感的表达。这一时期，散文的艺术性得以强化，文本的精神内涵和表现空间得以拓展。

进入 1990 年代，社会发展日新月异，城镇化进程锐不可当，文化领域亦呈多元格局。各种文学思潮相互碰撞，人文精神的讨论更是打开了作家们的创作思路。"大散文"概念的提出，引发了散文界对散文的内涵和外延的重新讨论和界定。风靡一时的"文化散文"热，成为文坛上一道靓丽的风景。"新散文""原散文""后散文""在场散文"等散文流派"你方唱罢我登场"，争奇斗艳，各领风骚。

及至二十世纪末，一批深具先锋意识和文体自觉的新锐作家，像一头公牛闯入瓷器店，使散文天地发生了激烈的碰撞和变化，形成一股新的散文潮流，提升了散文的审美品质和精神向度。

纵观 1978 年至 2023 年四十多年来，中华大地在"改开"的黄金时代中，社会生活奔涌激荡，各种思潮风起云涌，散文创作更是云蒸霞蔚、气象万千，涌现了众多成就斐然、风格各异的散文作家和具有思想深度、艺术上乘的散文作品。岁月的流水冲走了枯枝败叶和闲花野草，中流砥柱却巍然屹立。时间留住了新时代的散文经典，经典在时间的长河中绽放光芒。以沙里淘金的经典散文向"改开"的时代致敬，是我们不可推卸的责任和义务。

别看散文的门槛貌似很低，要真正写好，却实属不易。优质散文是有难度的写作，它不但需要作者的智识、胸襟、眼界、修养和气度格局；更需要写作者的态度、立场、慈悲、良知和批判勇气。遗憾的是，散文创作繁荣和光鲜的另一面，却是大量平庸甚至低劣之作的泛滥，不但败坏了读者的胃口，而且造成了物质和精神的极大浪费。散文作家层出不穷，散文作品汗牛充栋，可真正能让人记住的散文佳构却凤毛麟角。

散文要发展，文学要前行。发展和前行就要从平庸的樊篱中突围。在突围的过程中，散文作家不可太"聪明"，不可太世故，要永存对文学的敬畏之心。一言以蔽之，散文的尊严来自散文作家的尊严。也可以说，要想散文繁荣，首先需要有一批人格健全，品德高尚，铁肩担道义的散文作家。什么样的人写什么样的文章。特别是写散文，最容易看出一个作家的内在品质和境界涵养。一个人格不健全的人，哪怕他作文的技法再高妙，也很难写出撼人心魄、抚慰灵魂的散文来。作家精神品质的高低，直接决定其作品的精神向度。

为了散文写作的突围和发展，为了建设独具特质的当代散文，也是为了更好地从经典散文中汲取营养，我认为有必要正视和重申一些常识性的思考。高头讲章的理论是灰色的，常识之树却葳蕤常青。

一、作家的个体精神决定散文的优劣。常言道，散文易学而难攻。难在什么地方，不是难在技巧，而是难在作家个体精神的淬炼上。倘若作家的个体精神不够丰富，不够深刻，不够清澈，纵使他手里握着一支生花妙笔，也写不出令人称赞的散文。那么，如何才能做到个体精神的丰富性呢，这就要求作家时时刻刻不背离生活，要知人情冷暖，体察人间百态，关心民瘼，有忧患意识，不要做生存的旁观者。一个冷漠甚至冷酷的人，是不适合从事散文创作的。

二、真诚是确保散文品质的基石。散文创作跟作家的生存经验息息相关，可以说，真正优质的散文，无不牵连着作家的血肉和心性。作家的喜怒哀乐，悲欢离合，都或隐或显地暗含在他的作品中。假如在一篇散文作品中，读者既看不到作者的体温，又看不到作者的态度，那这篇作品或许就是失败的。说明这个作者在他的作品中"说谎"或"造假"，缺乏真诚之心。作家一旦失去真诚，为文必定矫揉造作，作品也必定会失去生命力。因此，真诚是散文的"生命线"，也是"底线"。

三、个性是促进散文生长的养料。人无个性便无趣，文无个性便平质。当下，每年都会诞生数以万计的散文篇章，但能够让人记住，且读后还想读的作品并不多，何故？概在于这些数量庞大的散文，无论题材，还是语感都千篇一律，像是从"模具"中生产出来的，缺乏辨识度。散文要发展，必须要求作家具有"个性意识"。"个性意识"不是标新立异，更不是哗众取宠，而是一种"创新意识"和"审美意识"。但凡在散文创作方面被公认的那些大家，都是"文体家"，他们以自觉的写作实践，开创了散文写作的新路径。不合流俗方能独步致远，推动散文的建设和繁荣。

当然，以上几点并非创作散文的圭臬，谁也没有资格去为散文"立法"。

散文是自由的创造，散文精神即自由精神。我之所以提出来，仅仅是希望引起散文同行们的重视和参考，共同为中国当代散文的发展尽力增光。

我们策划、编选"中国散文60强"（1978—2023）的初衷，旨在对新时期以来的中国散文创作作出梳理、评价和选择，试图精选出风格各异的代表性散文作家，以每位一部单行本的形式，呈现出中国新时期优质散文的大体样貌。此项目的发起人为资深出版人张明先生。多年来，他一直追求做高品位的纯文学书籍，也曾连续多年与中国散文学会、中国小说学会合作，出版年度《中国散文排行榜》和年度《中国小说排行榜》。2023年他策划出版了《中国小说100强》，反响不俗。身处喧嚣、纷杂的环境，能以如此情怀和心力来为文学做如此浩大的工程，不能不令人钦佩！

感谢张明先生邀请我和叶梅、冯秋子、陆春祥、吴佳骏、张英、文欢组成编委会，共同遴选出60位作家。我们在召开筹备会的时候，即将作品的思想性、艺术性、代表性以及影响力作为编选的基本原则。在确定入选作家名单时，我们认真商讨，反复研究，生怕因为各自的眼力、审美和趣味之别，造成遗珠之憾。好在我们的工作得到了作家们的积极回应和鼎力支持，惠风和畅，大地丰饶。

60位入选的作家，既有令人尊敬的文学大家，如孙犁、张中行、汪曾祺、史铁生、邵燕祥、流沙河、刘烨园、宗璞、贾平凹、韩少功、张炜、梁晓声、阿来、冯骥才等。这批散文大家的作品，文风质朴、清朗、刚健，充满了"智性"和"诗性"。无论他们是写怀人之作，还是针砭时弊，歌咏风物，都有着鲜明的文化立场和审美取向。他们或出入历史，借古观今；或提炼人生，洞明世事，输送给读者的都是难能可贵的"精神营养"。

也有被散文界公认的名家，如李敬泽、王充闾、马丽华、周涛、冯秋子、叶梅、筱敏、张锐锋、周晓枫、于坚、鲍尔吉·原野等。这些作家的散文作品，特色鲜明，风格独特，诚挚内敛，从内容到形式，都作出了各自的探索和尝试，为当代散文注入了活力。从他们的作品中，我们不但能够领略汉语之美，更可以借此反观生活与存在，寻找人之为人的价值和尊严。

还有散文界的中坚力量和青年才俊，如彭程、谢宗玉、江子、雷平阳、任林举、塞壬、沈念、傅菲、吴佳骏、周华诚等。从他们的作品中，我们见到的，不只是中国散文的文脉传承，更是自由精神的张扬。他们文心雅正，笔力锋锐，不跟风，不盲从，始终保持着独立的思索和判断，在各自所开辟的散文园地中精耕细作，以崭新的姿态参与和推动当代散文的变革。

其实，细心的读者不难发现，入选本丛书的老、中、青三代作家都有个共性，即他们均在以自己的作品审视心灵，心系苍生，弘扬真善美，鞭挞假恶丑，充满了正义感和人道主义精神。这自然与时下众多书写风花雪月，一己悲欢，充塞小情趣、小可爱的散文区别开来。正是因为有他们的存在，中国当代散文才呈现出一幅绚丽多姿的长卷。

需要说明的是，有些重要的散文家，如张承志、余秋雨、王小波、苇岸、刘亮程、李娟等人，由于版权或其他不可抗原因，未能将他们的作品收录进来，我们深以为憾。

我们还要感谢北京立丰天文化传播有限公司的资金支持，感谢北京联合出版公司的精心编校，他们慷慨和无私的义举，对于繁荣中国当代散文创作、对于赓续中华优秀散文文脉、对于中国新时期的文化积累，均具重大价值和意义，可谓善莫大焉。这套丛书的出版意义将同《中国小说 100 强》一样，旨在给读者以经典的指引，这既是一项重要的原创文学工程，同时也是助力推动全民阅读和研究传播文化的公益工程。

郁郁乎文哉，中国散文有幸！

是为序。

2024 年 5 月 12 日星期日

（作者为全国政协常委，中国作协副主席、书记处书记）

目 录
Contents

001 | 神圣的不啊

007 | 看球看球，与尔同销万古愁

009 | 眨眼球进了，不知心恨谁

011 | 团结一条心，黄土变成金

013 | 在瞬间感知命运

017 | 纯粹是如此美丽

021 | 我写巴乔故事的故事

025 | 巴乔故事

051 | 另一种珍视

054 | 不可名状的幸福

055 | 我的叛逆来得有点晚

057 | 我的写诗简史

061 | 内心深处与多重视角

063 | 爱是终身的事

066 | 醉眼看花冷眼看楼

070 | 又见《简·爱》

074 | 比如水仙花

076 | 千草千慈悲

079 | 永远的浪漫

081 | 汉口的天生丽质

084 | 往日的好时光

087 | 夜雨埋愁别书房

091 | 现在流行简单粗暴

094 | 远方没你会更好

097 | 北京的蚊子血

100 | 广场恨

103 | 河水九名

106 | 老屋阴影

110 | 宿舍仙踪

113 | 何处房屋是我家

117　|　七天邂逅两个奇遇

124　|　书房的另一个名字叫福德

128　|　女人需要一间怎样的房

135　|　墙的秘密

140　|　好房子坏房子

146　|　咸安坊的树和法国的浪漫主义

153　|　闻香识小说

156　|　怀着夏日母性的心肠成为一棵树

159　|　缓缓通过生命之廊

161　|　向棉花学习

164　|　怀疑台湾

167　|　看麦娘的意思

169　|　读我文章若受兰仪

172　|　生活本是一场秀

174　|　一夜盛开

176　|　多种宿醉一样美丽

179　|　金色的收获

181　|　好雨知时节但愿人也能

183　|　你是我永远的表达

186 ｜ 形式之于女人

190 ｜ 之后迷上电影

196 ｜ 瓷器的意味

199 ｜ 描述颜色的美文

202 ｜ 广东的汤与虫

205 ｜ 生活总有梦

神圣的不啊

　　我与《上海文学》是一个古旧的故事了。古旧得毛边了，没有棱角了，没有准确界限了，一切尽是温情之感。那是一次邂逅。那次邂逅，使得我突然跳出了自己固有的生命轨道，做了一次不由自主的热热闹闹的文学旅行。

　　事实上，我很早就确定了自己的生命方式。早得连我自己都难以想象。学龄之前，在开始认识文字的最初，文字就成了我最喜欢的玩具和最亲密的朋友。因此，我的写作首先属于我自己。最初我只为自己一个人写作。在文学复苏的 20 世纪 80 年代初期前后，到处都是热气腾腾的文学活动。文学编辑们在全国各地游走，热情约稿，结交旧友新朋。而我，只是参加了几个文学笔会就厌倦了。这种聚众喧闹使我内心嘈杂。一到群众中，我就丢失自己。但文坛就是江湖，像我这种又臭又硬还冷的性格，自然容易被文学潮流所忽略。我倒也不太在乎这种忽略，委屈却还是有一些的，因为我觉得自己的小说很独特，却总也不能被人认识。就是在这样的历史时刻里，忽然有一天，《上海文学》的编辑吴泽蕴老师，被朋友带到了我们家里。不过，吴泽蕴老师并不是来向我约稿的，是向我当时的丈夫约稿，偶然发现我也在这里写小说。那时候的编辑们都很主动都很慈悲也相当敬业，吴泽蕴老师主动提出带走我的小说，我想她应该是出于同情与鼓励。那部小说手稿就是我的中篇小说《烦恼人生》，是我的最新一稿，刚刚修改誊写好。该小说已经走过了几家刊物，每家的编辑老师一读就说好，文字非常吸引人，却又都要求我修改。不同编辑部的修改意见大同小异：把工人阶级写灰暗了一点，要提升一点光明和歌颂，比如哪一处哪一处，就有光明和歌颂的苗头，把这些苗头拔高起来。几位不同的编辑老师们持有同样的意见，对我有压倒性的力量，朋友也劝我按照大家的意见修改，既然大家都这么认为，那大家肯定是对的。编辑们都是文学经验那么丰富的老师，改吧改吧。那时候我已经在省市一级的文学刊物上发表了一些作品，小说散文诗歌都有，对于我这种刚刚出道的业余写作者，最重要的就是，让自己的作品在全国大刊物上获得刊登。这个道理我明白，但是我依然连连摇头。不不不！神圣的不啊！我那神圣的不，战胜了所有压力让我说不！我主动撤回自己的小说稿，我还偏偏针对那些修改意见，更加细腻和加强了所谓的消极处，因为我一直在修炼的武功，就是要去掉文学语言与形式的假大空，去掉那些千篇一律的所谓英雄，我最渴望的就是我的小说能够鞭辟入里，直指人的内心深处和现实生活的真相。这就是我要写作的根本原因，我已经受够了假大空。我的一条命差点因为假大空的戕害所夭折，就差一点点，命就没了。可是在现实中，编辑老师都要求我修改，还是要让我的主人翁印家厚有点英雄主义色彩，工人阶级嘛！全国人民的领导阶级嘛！不英雄怎么行！这个时候我正不知道再把小说给到哪一家杂志才好，我畏手畏尾了。就在这个时候，吴泽蕴老师就是我的天使下凡了。

接下来，戏剧性的情节发生了。吴泽蕴老师回上海没有几天，就给我发来了电报。电报可是一个了不得的东西。那时候，没有天大的急事，谁会发电报？而我的电报，是由于我的小说震动了《上海文学》编辑部。他们决定将它头条发表，还决定配发我的照片，周介人一激动，还亲自写一个卷首语，要郑重推出我的《烦恼人生》。周介人主编推荐在前言里，宣了他的新发现，这个新发现就是：中国出现了新写实主义。那个时候，中国文坛还是比较天真、严肃和老实的，还没有谁敢于毫无依据就随便提出主义或者流派。

当时我手捧那封电报，一下子就晕掉了，脑袋很大，幸福之感实在得触手可及。小说头题发表并获得全国广泛转载评论之后，我应邀来到了上海，怯怯地走进了《上海文学》编辑部。我脸上的笑容绽开了就收不回来，腮帮子都笑得发酸。我见到编辑就赶着叫老师，见了作家就愿意交朋友，顿时变成了一个热情洋溢平易近人的人。同时还一反常态，不再誓死捍卫自己作品的每一个字，而是谦虚又谨慎，乐意听取任何人给我提意见。马上就有《烦恼人生》的电影改编来了。上海电影制片厂慷慨地请我住到他们文学部的招待所去写剧本。我得以生平第一次乘坐飞机。那时候，购买机票还需要县团级以上的级别和单位证明。像我这样的年轻女子在飞机上凤毛麟角，备受瞩目。我亲手为自己缝制了一条法兰绒百褶裙，自以为时尚但似乎面料太厚。我站在飞机的舷梯上，朝蓝天挥手，鼓囊囊的裙子使我活像一只肥胖的抱鸡婆。茹志鹃老师和周介人主编请我在红房子吃法式西餐，整个进餐过程我都忐忑不安，法式牛排和焗蜗牛我都不知道怎么吃法子。还是因为《烦恼人生》，1998年获得全国优秀中篇小说奖，我生平头一次进北京，一进北京就住上了和平饭店。星级饭店我也是头一次，太多的灯光晃花了我的眼睛。电梯门好像也故意和我捉迷藏，找的时候怎么也找不到，不找的时候突然撞上了。还有太多的名家大师晃花了我的眼睛。大家谈笑风生，洒脱自如，吃了晚饭就去跳舞。我却不知道说怎样的话，才会惹大家笑。更不知道大家为什么要去跳舞，大家都很热衷于恢复交谊舞。可是我有苦说不出，我三岁就厌烦跟着母亲去俱乐部跳舞。我总是被母亲要求老老实实待在一边，我满目尽是大人们滑动的皮鞋和滑石粉，无聊至极，从此我就没法喜欢这种男女交谊舞。在舞厅我实在待不下去，而且特别想去长安大街遛一遍，看一看。评论家雷达就给弄来了两辆自行车。他在前面带路，我跟在后面。我们两辆自行车，缓缓经过了深夜的天安门城楼。大街上的卫兵三步一岗五步一哨，格外威严，行人稀少，我骑行得非常紧张，自行车扭来扭去。由于我事先被提醒不可以停下，不可以下车，不可以停留逗留，偏偏就是几次差点掉链子。我更加紧张地去看卫兵，卫兵也正在紧张地看我，这种眼神的对接，让我心惊肉跳，我生怕被抓。

就这样到处欢天喜地领奖，热热闹闹过了一阵子。忽然有一天，我发现自己的灵魂在寻找逃逸的躯体。就是忽然感到了这么一个感觉，立刻，一切便都过去了。过去得就像季节的变化一样不容置疑。我又回来了，回到了从前的那个状态之中。我忽然明白，成年以后能够过上童年就向往的写作生活，那是天大的福气。在没有成为作家之前我是太想成名了。我渴望我能够激动起成千上万的读者，被读者们认可为作家，再倒逼官方有关机构认可，成为一个铁板钉钉的职业作家。之所以说倒逼是因为我实在不擅长搭讪官方，但是擅长被搭讪——就是说我安静内敛口齿笨拙的性格易于接受官方的主动招安，他们放心我的安定团结一点儿也不多事——于是我的性格弱点也有变成优点的时刻——在全国广大读者的喜爱和作品连续获奖的情况下，我成了作业作家。然而，我的性格弱点在文坛江湖不讨喜，有熟人私下提醒我不要这么高冷。其实我不知道啥是高冷？只是，我对盛行的跳舞无感，对侃大山聊文学无感，对聚会饭局无感；聚会饭局上总有人高谈阔论把他们的唾沫子喷到四面八方，我进食就有心理障碍，基本都是挨饿而归。我更不懂待人接物应该和蔼可亲平易近人，我是可亲的就可亲，不可亲的就是不可亲，严重缺乏装和演的才能，但那应该是大众场合必备的礼貌交际技巧。于是在大众场合，我就很无趣了，也很无用，不能给大家带来任何福利。那么就算了吧，而我自己，再也不想丢失真切的个人感受以及自己时间——我最擅长和最喜欢的，就是独自、私下、去琢磨文学文字，在我的调遣安排结构之下，它们变得鞭辟入里生动活泼；与此同时，我还迫切需要身着丝、绸、棉、麻质地的松散衣服，它们是我最来灵感的工装，有点貌似《等待戈多》中写的"他不戴帽子就无法思想"。而外面的笔会，我的穿着，当然必须是中规中矩的，我也就被规范在服装里面了。所以，我对纷至沓来的许多邀请、笔会、活动、出访、聚会、饭局，我开始说不不不了。我这么一个人，又想出名，又想不出面，真是太难了！怎么办？我神圣的不啊，再一次主宰了我。

一个回眸：我看见自己，开始更多地待在自己一个人的角落，穿得像神仙。

好在我体验过了热火朝天，够了。毕竟，我也疯狂过，虚浮过，在乎过，头重脚轻过，《上海文学》为我点燃了一个热烈的梦，让我不由自主地沸腾了一次。我的生命中，如果没有《上海文学》，如果没有经历文坛的种种热潮，我还真不敢说我能够回来得这么明确和彻底，人生经历总是需要有对比的；要亲吻很多青蛙，才知道谁是王子。

回来以后，在许多安静的傍晚，我与《上海文学》的邂逅，就成了一个古旧而温馨的回忆，色彩斑斓，如诗如画，就像夏日的晚霞，永远点染着我文学生涯的天空。

2003 年秋

看球看球，与尔同销万古愁

　　如果没有心底最深处的忧伤，我不会成为一个球迷。

　　如果我不是一个真球迷，或者不是一个伪球迷，我就不会没日没夜转飞几个航班，飞埃塞俄比亚飞阿姆斯特丹，辗转抵达南非约翰内斯堡，再在南非又飞呀飞，还沿着海岸线一路追赛场，去看世界杯现场，在 50 岁都过的年龄，不过我真没有去感觉年龄这个东西。我的人生重点不是年龄而是人生必做清单。清单之一，就是：看一次世界杯现场。说做就做！如果没有心底最深处的忧伤，我肯定不能说做就做。我做什么的终极目的，就是能够有效祛除心底最深处的忧伤，那份根深蒂固的忧伤寒冷，要靠彻底的忘我，一点点拔掉。

　　有效祛除心底最深处忧伤的那一刻，才是我的人生值得。看球是我的一丸灵丹妙药。

　　如果不是足球赛场的每一寸绿茵和每一个动作都表达着人类天性中最难以掩饰的欲望，我也不会成为一个球迷。

借一句名言的框架用用，本是说：有一千个观众，就有一千个哈姆雷特。我要说：有多少个球迷，就有多少枚足球。有多少枚足球，就有多少份悲喜。有多少份悲喜得以释放和发泄，就有多少的人生获得那一刻的疏通与安放。

足球随之带来的还有狂热，狂欢，疯狂，歌舞，画假面，搞裸奔，真诚地吵架，无伤大雅推搡或有伤风化推搡，种种都是我的逢年过节，是有的热闹看了。对我最最要紧的，更是可以瞬间获取真空般宁静。比如：罚点球的那一刻，这一刻！这一刻！这一刻！我的心，立刻静如史前的石头，所有红尘俗事忧愁烦恼顷刻间被格式化——且还不用我自己动鼠标，足球场上到处都会出现上帝那只看不见的手。若到江南赶上春，千万和春住；又是新一届世界杯了，怎么可能不看足球？！

我是独自一人飞过万水千山来到南非世界杯现场的。这边已经有央视和腾讯的看球团队。这么一群来自五湖四海的人，都只为看球，也都只谈球赛，又单纯又热烈，太好了。何况还有央视刘建宏这样的专业球评人，我完全可以随心所欲地说这一类玩笑话：比如"球场上充满了水性杨花的爱"，敲在电脑上，同步在微博上，没有什么编辑校对的流程，好不自在，这就是我歌我的歌我得歌！只因南非世界杯没有中国队，我们中国球迷，想爱谁就爱谁。

2010 年 4 月

眨眼球进了，不知心恨谁

昨晚九点，很好的看球时间。盘算着不慌不忙享受一场球赛，之后就寝，之后坚决克制凌晨3点起床的愿望，以便保持充沛的睡眠继续明天的写作。感谢上帝，睡梦中的愿望是最容易克制的，只要不刻意苏醒就行了。

——正在这么想着，正在把人坐安稳了，贝克汉姆也正在很日常地、用他熟练的技术、发一个经常归他罚的定位球。一切都表明，这场赛事的万里长征开始了第一步，可是可是可是，突然，巴拉圭门前一阵混乱：球进了！

眨眼球进了，不知心恨谁！

首先，我们没有在第一时间看清楚这个球是怎么进的！其次贝克汉姆也没有来得及在第一时间激发出巨大的喜悦！再次，乌拉圭人刚刚精神抖擞唱罢国歌，余音未了却挨了闷棍——4号加马拉自摆乌龙，居然与贝克汉姆默契配合，替英格兰攻入一球。恨死人了！在这鬼使神差的一刻，相信加马拉宁愿这颗脑袋不是自己的脑袋。

不过，往后的时间里，英格兰队只有球鞋的颜色耀眼，贝克汉姆的鞋是粉蓝粉蓝的，阿什利·科尔的鞋是粉红粉红的，唐宁的鞋是玫红玫红的。而乌拉圭的 18 号内尔松，耀眼的是他那疯狂地不知疲倦，是那神勇地满场飞腾，是那卷曲的长发在金色阳光下如闪电如瀑布如野马高高飞扬的鬃毛！ 13 号巴雷德斯也堪称精彩，却是另类，邪门功夫使得巧巧的，眼神坏坏的，求胜心切切的，看着叫人恨得牙痒痒的，却要大喝一口冰镇啤酒，为他叫道：好！

团结一条心，黄土变成金

这场球！随着下半场的终结哨声响起，一个不可思议的比分诞生了！6：0！这可不是平时，这可是生死攸关的世界杯，这可是人人都在拼命的疆场，然而，惊人的大比分还是诞生了！

阿根廷！

许多人世间的道理，我们都以为自己已经懂得；许多文字的含义，我们也都以为自己懂得。其实不然！我的看球与写作，都有 20 多年了，阿根廷这场球，却还是我的老师。什么叫团结一条心，黄土变成金？全体球员同心协力，倒脚 20 多次把球送入网窝，这就是"人心齐泰山移"颠扑不破的道理。什么叫庖丁解牛，游刃有余？什么叫奏刀騞然，莫不中听？什么叫提刀而立，踌躇满志？中国庄子描绘的境界，被今天的阿根廷足球最形象最优雅地阐释了。看君一场球胜读十年书。

是的，优雅！足球当然可以！优雅是骨子里头的素养，它完全可以无处不在。即使是为民族而战，为荣誉而战，为名利而战，为世界杯的巨额奖金而战，即便热血沸腾到熊熊燃烧，我自依然优雅，今天的阿根廷充分地证明了这一点，六个进球皆是兵不血刃。由此可见，什么都不是粗野无礼的借口！粗野无礼就是下流——这是阿根廷足球告诉世界的。可爱的阿根廷足球！

最可爱的人还是马纳多拉，表示社会地位的开幕式他可以不出现，看比赛却是必须出现，他必须看阿根廷！而且看球时候必定全身心投入！而且投入以后必定竭尽全力大喊大叫！马纳多拉的可爱，还在于他会亲自背着一大挎包，我认为里头装的全是手帕。因为多少次了，看球的马纳多拉总是那么多愁善感泪如涌泉，总是会掏出一块又一块手帕，擦他那总也擦不干的热泪。马纳多拉是阿根廷式的当之无愧的足球天才。天才的他几乎没有长脖子，因此脑袋可以直接支配双腿。这使我联想到，我自己肯定不是文学天才。如果我是天才，我也应该有点异相，我的双手也应该直接从脑袋长出来。

哦，足球！

优雅与粗野，天才与笨蛋，大喜与大悲，热情与理智，混乱与秩序，无政府主义与铁的纪律，美女如云，流氓成群，警察成堆，灯红酒绿，吃喝玩乐，纵情高歌。这就是一个月不到的世界杯。

不少中国球评喜欢用纯战术思维看待世界杯，也有不少人喜欢用性意识来看待世界杯，我都会也都不会。我更以为世界杯是人类的一次过年。更是人类对矛盾与统一协调存在的最深刻向往和最天真模拟——因为那是一个是非清楚、黑白分明的好社会。

在瞬间感知命运

五月七日晚上，我看了一场非同寻常的足球赛。非同寻常是对我自己而言的，我想真正的球迷和内行的观众对这场球赛也许会不以为意，因为它是无数的并没有引起轰动的足球赛中的一场。可它却以某种超越形式之上的精神话语感动和启发了我，击中和教导了我，尤其是处于现在状态的我，现在的我对说教和吆喝厌倦到了极点，可能是患了广告过敏症。所以，我对这种直指灵魂深处的无言的教诲充满了感激之情。

那天晚上，电视里的中央一台现场直播世乒赛女子团体决赛，决赛之后，中央五台现场直播意大利足球甲级联赛中的一场比赛：尤文图斯队主场迎战拉齐奥队。我模模糊糊地知道意大利足球甲级联赛的战况，尤文图斯队已经一路领先，帕尔马队和 AC 米兰队跟随其后，其他各队似乎已与冠军无缘。开始我走来走去，一边做点别的事一边瞥上两眼，瞥上两眼的心理原因非常世俗，无非是尤文图斯队国际球星罗伯特·巴乔出场了，正在走红全球的维亚利和大器晚成的拉瓦内利，况且这哥仨都有其引人注目的有趣的外表特征：巴乔的脑后扎一条小辫，左臂戴一只写着"必胜"单词的袖标；维亚利剃着锃亮的光头；拉瓦内利号称"白头翁"，有一头白发。而拉齐奥队没有什么显眼人物，我有点儿忽略他们的存在。然而，连续瞥上几眼之后，我不由自主地丢开了别的事情，坐定下来，眼睛再也离不开电视屏幕：一个奇迹正在发生！

这天意大利都灵市的天气很好，看台上人山人海，尤文图斯队的球迷以绝对的优势在为自己的球队呐喊助威，尤文图斯队的队员个个精神抖擞，士气高扬，更何谈他们大腕云集，星光灿烂。这场比赛尤文图斯队真可谓天时地利人和，踢赢拉齐奥队似乎不在话下。比赛一开始，尤文图斯队果然踢得十分凶猛和精彩。巴乔与维亚利不负众望，两人都努力保持着强烈的配合意识。因此，赛场上的整个局面完全被尤文图斯队所控制。尤文图斯队在震耳欲聋的欢呼声中频频射门，拉齐奥队的禁区内险象环生。看上去拉齐奥队简直只有招架之功，毫无还手之力，他们几乎连中场都过不了。但是，奇迹显然在发生。这个奇迹便是：尤文图斯队就是破不了门。大牌球星们漂亮的射门不是被守门员扑住就是射在门柱上，或者意外地射在球员身上。二十分钟过去了，三十分钟过去了，四十分钟过去了，尤文图斯队居然久攻不下，这局面实在有点出人意料。突然，一个不小心，让拉齐奥队将球踢过了中场，就在眨眼的工夫，足球已入网窝！居然是拉齐奥队先进一球！尤文图斯的球迷们着实急了，呐喊声明显变调。

下半时，猛虎小将皮耶罗上场，万众震惊。在当今世界足坛上，巴乔，维亚利，拉瓦内利，皮耶罗皆为风云人物，被公众誉为尤文图斯队的四大天王。像这种四大天王一起上的阵势，在许多重大国际比赛中都是很少有的。显然尤文图斯队也发了急，他们无论如何都不愿意在家乡父老面前丢脸。尽管四大天王和他们的伙伴们踢得十分卖劲，形势却依然微妙，那只小小的足球显得那么调皮和戏谑。慢着，这且不算有趣，有趣的还在后头。过了不大的一会儿，拉齐奥队瞅空又打了一个反击，球又进了！如果说这种情形令尤文图斯队和他们的球迷感到悲愤的话，那么结局简直使他们悲痛欲绝。面对连失两球而怒发冲冠的精锐之师的大举进攻，拉齐奥队依然执着地防守着并且在终场哨声响起之前又轻而易举地攻进了一球。接着哨声响起，就是上帝也再无回天之力。结局是三比零，拉齐奥队大胜尤文图斯队。这种比分的惨败在尤文图斯队的历史上都是极少有的。

赛场上一片沉寂，尤文图斯的球迷们如丧考妣。

我也呆了，我的手指在细细密密地发颤，这种触电般的感觉与其说是来自宇宙中某一颗卫星发射的电波，倒不如说是我触摸到了那种能够被叫作命运的巨大力量。今天的尤文图斯队确实是没有太多可指责的，队员们一个个都具有高度的精英意识和责任感，开赛就构成了对拉齐奥队的居高临下之势，咄咄逼人地压在拉齐奥队的禁区里打。相形之下，拉齐奥队则太普通平凡了，他们老老实实，朴朴素素，毫无精英气息，当然他们之中也不乏国家队球员，也不愧称之为"星"，端详端详，"星"们也有一派秀外而慧中的天然灵气，但是还远没有具备大明星外表和大明星态度，他们不卑不亢，不屈不挠，像热爱土地的农民一样勤勤恳恳地耕种他们的一亩三分地。然而，命运显灵了！抑或精英们败就败在自以为是精英的感觉上？

这是多么绝妙和辉煌的一瞬间。命运让我们悚然一惊，觉悟到这个世界上还是有公道有原则的，人为的外在的一切终究是外在与人为的，本质才是决定事物的关键所在，如果你将现象当作了本质，你就会失算。命运在警示我们做人要做怎样的人，在再一次地重复那句话：谁笑在最后谁笑得最好。

还有，最后巴乔，维亚利，拉瓦内利，皮耶罗等大牌球星脸上的那种委屈和无奈的表情也让我眼睛一阵发潮，英雄落马也沾一屁股灰，这种命运嘲弄人的情景自然也别有一番揪心的悲凉。

好就好在：这只是足球。

纯粹是如此美丽

　　一向血冷，觉得没有什么值得与人争论的，尤其是文学与历史。文学就和空气一样，它自古与人类共生存，用不着你替它瞎操心。事实上你是无法掌握，掂量和规范文学的。历史就更不是东西了：生命破碎处，无物存在。过去的事物可以随便你说，正史说帝王将相，野史说奇闻异谈，父母只记得自己子女的故事，世界上有多少人，就会有多少种历史。

　　但是唯有王立等人的谬论，我是无法听而不闻的。他居然说马拉多纳人品不好。还说因为马拉多纳有吸毒和殴打记者的劣迹，他的球踢得再好又如何呢？王立是我的一个朋友。人倒是一个非常好的人。才华横溢。对于足球也十分内行。可是他对马拉多纳的看法完全是一个政工干部或工会主席的眼光。我实在是不能忍受。我们在头顶烈日穿越新疆准噶尔盆地的时候争吵了起来。我近乎横蛮地对王立嚷嚷：什么叫踢得再好又如何？只要他踢得好，他就是好！对于一个罕见的足球天才，我们是不能用世俗的尺度去衡量他的。世界上任何一个领域的天才或者伟人，都是绝对不适于大众化的通俗标准的。如果我们这么去要求他们，那就是我们的无知！

有一次，在上海开一个文学方面的会。会上讨论文学的时候，许多同行慷慨激昂，我却说不出一句话。我总觉得文学没有什么好说的。会议下面，谈到足球的时候，我却忍不住与人争论了起来。他们认为罗伯特·巴乔面目清朗，英俊倜傥，扎了一条独特的小辫，一看就是一个精英人物。而马纳多拉长着一副憨模样，天生就不可能是精英。还有人说到了罗马里奥，评价他也有点憨。听到这里，我就怎么也坐不住了。我对巴乔也是喜欢的。他的确算得上是一个优秀球星。我甚至热情地为他的写真集撰写过文字稿。只是巴乔的艺术气质浓于足球感觉，这是他迄今为止的踢球生涯可以证明的一点。巴乔有时候人在球场，心却难以带来；有时候满场找不准自己的位置。这一届世界杯，巴乔队长率领的意大利队摇摇摆摆，跟跟跄跄进入决赛的身姿就酷似巴乔常有的状态。决赛以巴乔的一记冲天点球射门把对手巴西队请上冠军宝座。这一脚至今都还叫巴乔本人纳闷，他觉得那好像不是他的脚。巴乔是对的，那是上帝的脚。是上帝在教导我们人类。如若巴西不赢得这场决赛，那真是天道不公了。巴西之所以感动了上帝，这里就少不了要提到罗马里奥。罗马里奥是拉美人，也许外表没有欧洲人巴乔那么英俊，但是罗马里奥的足球感觉绝对一流。他非常懂得什么是前锋，非常懂得自己的优势所在，非常懂得自己要做的是什么。他一般只待在自己的位置上。但是不论任何时候，一旦足球到了他的脚下，他就会爆发出魔鬼般的激情和智慧将球送进网窝。马纳多拉是一副憨厚模样。随着中年的接近，马纳多拉似乎有点发福的迹象。然而，马纳多拉与足球融为一体的境界也许只有前辈球王贝利可以相提并论。他那独特的"香蕉球"，他那中场的凝聚力和指挥能力，他射门时候的那份举重若轻的神态，他"败走麦城"时候无法抑制的热泪，这些都是一般人所力不能及的，马纳多拉就是为足球而生的。

且不说我们不能以相貌来论英雄。即便看相，球星的相貌也是不能用日常的传统的眼光来看的。据说近年美国电影男星片酬最高的是"阿甘"的扮演者。而最受全世界女人青睐的男星则是英国的休·格兰特。阿甘是一个弱智男人。休·格兰特在《四个婚礼与一个葬礼》中扮演的是一个带点贵族气质的憨乎乎的青年。他们都不是那种八面玲珑，英俊潇洒的相貌。恰恰相反，他们都有一点憨厚，有一点天真，有一点发窘，有一点迟钝。可是他们因此而大受欢迎。我想其中有一个重要的原因，那就是他们体现出的一种纯粹感。因为如今的世界，聪明和复杂得像一个神话。人们实在是累了，厌倦了。漂亮的面孔往往显得华而不实，而憨厚才是一个保持着天真的人才可能拥有的。从这一点来看，马纳多拉和罗马里奥的外表即便缺乏一份所谓的英俊潇洒，却不容置疑地是大智若愚，天真可爱的。大智若愚，天真可爱才是真正的天才永远的面貌和神情。

其实，在足球场上，不管球星们长得什么模样，他们都是美丽的。难道我们没有发现马纳多拉、罗马里奥他们在场上踢球的时候是如此的美丽吗？维阿是美丽的，巴乔是美丽的，光头维亚利是美丽的，拉瓦内利进球之后孩子一般拉起球衣蒙住脸的动作也是美丽的。当球星们龙腾虎跃在球场上的时候，他们都是无比美丽而且动人的。

如果说电影毕竟是电影的话，那么足球就是活生生的现实了。影星是导演摄影剧本服装化妆一层层创作出来的故事，而足球则是一个再真实不过的人类世界。它高度地抽象了我们这个社会的理想与美梦。它有追求有目标，有对抗有竞争。它既有方又有圆，既要勇猛又要智慧；既有艰辛的漫长奋斗又有成功的辉煌瞬间。更重要的是足球还摒弃了文字与语言。文字和语言的泛滥使我们失去了生活的真实感和贴切感。华丽的语言常常包装的是干瘪的内容。黑白颠倒是常有的事。喋喋不休的倾诉中夹带着谎言，夸张和自我推销。指导着向左的路标也许实际上是向右。我们每一个人既是警惕的，又是惶惑的，既在逃避伤害，又在伤害他人。我们越来越理智，越来越装模作样。变得像一个假人。

感谢足球，与我们同在一个地球，它的经纬却只是哨声和动作。一切都不必废话。一切都是这样的明晰。你完全可以相信自己的眼睛。乾坤朗朗，青天白日。在这种情形之下，人的原始激情，甚至是自己都还不知道的潜在的激情喷发了出来，流光溢彩地洋溢在足球场上。变成了优美的力，汹涌的泪，开心的笑和真正认真的竞技。它使足球场上的每一张脸都无比专注，纯净得跟孩子一样。在这个时候，球星们都非常美丽。他们纯粹之美使我的心深深地获得了激动与陶醉，我怎么可能不喜欢足球?! 而且是最!

我写巴乔故事的故事

一切都是从好奇开始的，我指我看足球。

最初是早十几年的事了，医专毕业，刚参加工作。趁着我刚刚参加工作的热乎劲，便有男医生经常让我替他们的班，他们去熬夜看球。那时我很乐意。那时我认为工作是最美丽和最幸福的。可是事实逐渐使我产生了疑惑，男医生们在电视机前叼着香烟傻笑的痴迷模样表明他们比谁都乐意和快活。这是怎么回事呢？

为了探索生活中关于乐意和快活以及美丽与幸福究竟有几个真理，我也开始盯着屏幕看足球。开初的几次，不行，坐不住。电视机属于单位宝贵财产，放在会议室，派专人伺候保管掸灰尘，但还是有脾气，开机后时不时会有雾气或雪花，人像忽然都模糊，别说足球了。那时候人太年轻，玩儿太多，学英语写小说看电影打羽毛球逛街聊天——乐意和快活在不同的时期内容真是太不相同了。

对足球更深刻的好奇是在结婚之后。婚后我对小家庭全身心的投入使我非常惊讶我丈夫的举动，他居然一看起足球来就变了一个人似的，可以对周围的一切置若罔闻。其表情也是无比痴迷。从此，一旦有了足球，我也便探过头去，看上一眼两眼的。开始是看看足球，再看看丈夫，如果长期不见进球的话，我就幸灾乐祸地讥笑他，认为他白看了。再看着看着，事情就发生了质的变化。我是从何时扔掉手中的抹布的？我从来回忆不起那个时间和那个过程。扔掉抹布，让新家具上有一些灰尘是没有什么大不了的，家里窗明几净是美丽和幸福的；看足球也是美丽和幸福的，看足球的时候便看不见灰尘，多么好的事情。看上足球之后，我偷偷检讨了女人的狭隘，悄悄为自己庆幸了一番。

宽阔的、绿色的足球场；结实的、闪光的肌腱；狂奔；冲撞；守门员魔爪一般的大手；冷面的裁判；公正的游戏规则；每个人的位置和责任；搏斗；竞争；心花怒放；喜上眉梢；沮丧和悲哀；胜者王侯败者贼。一场好的足球赛，足可以让我们体验整个人生的喜怒哀乐。况且又不是自己出汗。况且还可以对别人评头品足。这是多么好的事情。

不过，我认为严格地讲，我算不上一个球迷。球迷是什么？球迷是真正的理想主义者，他们会以殉道为最高境界，是可以为看球看到离婚的。我经常看上几分钟的球，觉得该场球踢得不入我的眼，我还是会去抹家具上的灰尘的。我绝不为一般的球队熬夜到黎明。我从不记球星的名字。不关心球队的升级和降级。去年夏天世界杯期间，天天有球。而我的太阳还是照样升起，我只挑有劲的有戏的球看。我是一个吊儿郎当的看球人。

我当然是更热爱文学的，写小说不仅是我生命的需要，也是我生存的需要。没想到的是，生活中就是发生了"有心栽花花不发，无心插柳柳成荫"的新鲜事。世界杯期间，新闻媒体忽地就将我说成了女球迷。我看到好几家报刊上面登载了这么一个消息，说是我在我家大门上贴了一个告示，公告说我在世界杯期间一律不接待外人，不接电话，不写作，专门看足球。当时我拿了报纸左看右看，不敢相信这个武汉的池莉就是我。真是惭愧，我对足球的爱好哪里到这种程度？且不说足球，即便是文学，我还不敢热爱得这么大胆这么纯粹呢，写作的时候，邻家小孩敲门，我还是要起身去开门的。

想想看，历史怎么可能真实？我们怎么可以轻易信赖历史？

很快就有外地的朋友来电话，说：你不是不接电话吗？我说：我这人就那么有个性吗？可是陌生的记者就无法这么对话。人问：您是足球迷吗？我答：不是。结果人一笑，好像是我在犹抱琵琶半遮面。人马上进一步地问：您平时看足球吗？我答：看。喜欢吗？喜欢。人又一笑，表示理解了我。事实上我就是喜欢我还能怎么回答？现在信息发达，新闻爆炸，出落了一大批很精明强干的记者，往往问得你捉襟见肘。女人喜欢看足球，在目前的中国多少有点闹噱头的意味，岂知有一些闹噱头的事情里面也是有一些不是闹噱头的。可是这由不得我解释。信息发达的社会还有个毛病，就是模糊处理细节。我有一点儿将自己越抹越黑了。

如此这般，有一天，就有人在北京找到我一个体育界的朋友，要他出面请我为《巴乔写真集》撰稿。朋友心里自然是知道我的真实状态的，首先对足球就没有迷到某一种程度，其次还是更喜欢写小说。但他明白婉言谢绝对现在一批急流勇进的斗士们是没有用的。于是便使出了现代化的手段，说：如果请她写，至少得要千字千元，算了吧。

谁料人家沉着地说：就千字千元吧。

朋友倒一惊，赶紧设置难关：还得预付稿酬呢。

人家依然是沉着的：那就预付稿酬吧。

我听着朋友的电话，感觉像在看外国电影里头的生活，如此地干净利落。我想假如他们谈的是我的小说，这世界该是多么美丽动人。

　　其实我是喜欢意大利的足球明星罗伯特·巴乔的。只不过不是最喜欢。我最喜欢马拉多纳和罗马里奥。马拉多纳天才感十足，大智若愚，有许多凡人的缺点，而缺点使他更真实。罗马里奥是罕见的前锋，他永远清楚自己的位置和责任——这是男人最优秀的品质。而巴乔最突出的是他的外表：英俊潇洒，扎条小辫子。他让我终生难忘的是在本次世界杯的决赛中，他一记冲天的点球射门使意大利的冠军宝座咫尺天涯——太有故事了——这种剧烈跌宕便成了我写巴乔的内在原因。当然，我的朋友与出版人的对话也的确非常精彩：那时候，谁能够获得千字千元稿酬啊！谁能够一个字没有就得到预付啊！这感觉太牛了！

　　写！

巴乔故事

　　全世界爱好足球的人们一定对 1994 年 7 月 17 日的第十五届世界杯决赛记忆犹新。那一天通过卫星的传播，居住在这个地球各个角落的球迷们清楚地从电视屏幕上看到了意大利队令人伤心的表演。而令人不忍目睹的是巴乔最后的一脚点球。如此星光灿烂的巨星居然虚弱地踢了一个冲天球，可以想象，多少人为之扼腕叹息，多少人为之泪雨飞溅，又有多少人为之愤怒唾嘘。在点球踢飞的那一时刻，巴乔难过地站在草地上。他当然知道这一脚对他来说意味着什么，也当然知道他伤了全世界球迷的心。他右大腿的伤痛一定远远不及他精神上所感受到的巨大痛苦。

　　事实上，任何球星都有败走麦城的时候，再天才的球星也是血肉之躯的凡人，而不是神，尽管是世界杯决赛，却也不过是一场足球赛而已。巴乔的足球生涯绝不会到此戛然而止，谁也不敢说巴乔的星光不会再次闪烁。但是，正因为巴乔是世界级的球星，他将承受亿万球迷乃至非球迷永远挑剔和苛求的目光。巨星做人是非常非常艰难的，其中的喜忧甘苦只有他们自己知道。

所以，在巴乔踢飞的瞬间，作为一个虔诚的佛教徒，也作为一个饱经沧海的巨星，也许他会十分向往二十年前的某一天，也许他会认为那一天才是他足球生涯最辉煌最幸福最自豪最完美的一天。那是1975年的一天，那年罗伯特·巴乔年满八岁。

当时，八岁的巴乔已经加入了他家乡的卡尔德格罗足球俱乐部。这一天，在卡尔德格罗队对列瓦队的比赛中，小巴乔为本队射入了六个球，最终卡队以7：0赢得了这场比赛的胜利。瘦弱的小男孩巴乔突然间爆发出的灿烂星光简直耀花了人们的眼睛。巴乔的父亲弗洛林多为自己的第六个孩子震惊得不知怎么才能表达自己的自豪与喜悦。

在意大利北部的维琴察省，有一个近乎大村庄的小镇子卡尔多尼奥。一般人很难想象这样的小镇居然会孕育世界超级足球巨星。

卡尔多尼奥镇大约有8000居民，由于地处亚平宁半岛，经常雾气迷漫。它没有悠久的历史，没有气派的楼群建筑。人们居住在普通的平房里。只不过从前这里到处是田野，现在增加了一些工厂车间而已。

1967年2月18日，小镇上的人们听到了一个新生婴儿嘹亮的啼哭声，弗洛林多·巴乔先生和他妻子玛蒂尔德的第六个孩子出生了。他们为这孩子取名叫罗伯特·巴乔。因为巴乔既不是头胎孩子，也不是最后一个孩子，所以他的出生并没有给家里带来什么不平常的气氛。在那具有多子多福观念的小镇里，罗伯特·巴乔的出生是一件令他父母和所有小镇居民满意和高兴的事——这和他的七个兄弟姐妹出生时没有两样。在巴乔出生之后，他又接连有了弟弟那蒂阿和埃迪。

这是一个庞大的家庭。弗洛林多是一个出色的机械修理工，后来建立了自己的一家规模不大的修理厂。作为要养活八个孩子的父母，弗洛林多先生和玛蒂尔德太太是不轻松的。他们需要努力工作，而玛蒂尔德太太还须不停地怀孕生育和勤俭持家。他们不可能有过多的时间和精力去悉心关照八个孩子的一举一动，他们只需要把握大方向，使孩子们健康成长就行了，因此，巴乔从小便处于一种自由自在的、独立自主的、充分发挥个性的、充满竞争的生活状态中。并且，卡尔多尼奥小镇的自然环境和人文环境与巴乔的家庭状况是那样的合谐和风格一致，它们没有那些使孩子们变骄矜和愚笨的五光十色的现代化高级娱乐设施。也许正是这种相对清贫的单调的自然的土壤才是孕育那种充满原始激情的体育奇才的最佳环境。

值得一提的是弗洛林多先生。尽管他只是一个修理机械的技术工人，但无疑他有一种艺术家的气质。他不仅仅把修理机械作为一种谋生的手段，他还对这门技艺深深地喜爱和迷恋。这使他在经历了漫长的工作生涯的同时获得了能够承制任何一种机械设计的非凡能力。显而易见地，他把这种在血液中奔流的富有激情和灵性的艺术家气质遗传给了他的第六个孩子罗伯特·巴乔。

现在谁也记不清小巴乔是在什么时候接触和迷上足球的了。也许是两岁，也许是三岁，也许是在他蹒跚学步的某一个时刻，哥哥玩耍的皮球滚到了他的脚边。从此他便万分珍惜这个好不容易得到的玩具。总之，在人们忙别的什么的时候，小巴乔已经与足球结下了这一辈子的不解之缘。他的第一个玩具是足球，最后一个玩具也将是足球。

当然，在童年时代，小巴乔与他的兄弟们玩的是一种很容易被扎破的橡皮球。这球的牌子叫作"超级电视"，小巴乔整天玩着"超级电视"。开始在房间里踢，对着墙壁踢，并且乐此不疲，旷日持久，以至于家中的镜子和玻璃经常处于危险之中。弗洛林多先生家的院子里有一条十多米长的过道，小巴乔和他的三个兄弟经常被他们的四个姐姐赶到这里玩球。但不久之后，家中的女人们发现小巴乔们踢起球来简直发了疯般不顾一切，于是，玛蒂尔德太太开始率领四个女儿驱逐家中的小伙子们。玛蒂尔德太太怒不可遏地叫道："请你们到外面去踢好吗？请你们到你爸爸的工厂去踢好吗？"

小伙子们只好摇头叹息，然后甘拜下风地转移到父亲工厂的院子里踢球。但工厂的院子并不是理想的足球场，那里到处堆放着钢材以及制作机械设备的边角余料，它们经常扎破小伙子们的"超级电视"。这的确是一件很不幸的事情。小巴乔从那时起就在心里深深地埋下了对真皮足球的渴望和对那种跑起来噔噔作响的足球鞋的渴望。

小巴乔得到的第一只真皮足球是那样的来之不易。他们兄弟四个合计了又合计，然后拿着又一次被扎破的"超级电视"围着父亲吵吵嚷嚷。当弗洛林多先生终于同意带他们去文具店的时候，孩子们赶紧先于父亲几步冲进文具店，不顾一切选购了一只真皮足球，对店老板像往常一样地嚷道："爸爸付钱，爸爸付钱。"

弗洛林多先生付钱的时候才发现他须付一只真皮足球的钱，他自然很不乐意，嘟囔个不停。但孩子们已经抱着新球溜开了。弗洛林多先生只得容忍了孩子们的鬼把戏。

小巴乔是一个瘦瘦的男孩，一头鬈发，十分伶俐。一旦他做错了什么他总是朝你微笑。开始那些比他大的男孩子们在泥巴地上比赛时常常将他排斥在外。但小巴乔如饥似渴地迷恋足球，自个儿在球场的角落里不停地练习。终于有一天，小巴乔的哥哥瓦尔特同意将小巴乔带进当地的体育场。瓦尔特这样警告小巴乔："我将带你去，但你要保持安静。"

瓦尔特经常将这句警告挂在嘴边。但忽然有一天他发现小巴乔不仅被孩子们接纳，而且眨眼就成了他们的领导者。小巴乔踢边锋，一般他在哪个队哪个队就一定能获胜。

卡尔德格罗队是一支由一个叫加姆皮埃德罗·泽内尔任主教练的

少年足球队。尽管是个少年足球队，却有过辉煌的历史。小巴乔在这支球队里度过了他真正的好时光：队友们爱戴他，公认他是足球奇才；有一个赛季，他射中了四十二个球并且帮助队友攻进了二十个球。他和队友们一道去看足球赛，张着嘴巴，任渴望与想象在足球场上驰骋。也就是在这个队与列瓦队的一场比赛中，看上去清秀瘦高的八岁巴乔一举射进了六个球，一下子便吸引了足球界众多人物的目光。这是一个多么甜蜜和迷人的金色童年啊！

不过，应该正视和承认的是在学习方面，巴乔远远不是个好学生。他被足球占领了全部身心。在中学二年级的时候不得不极不体面地留了一级。巴乔的一位老师曾幽默地对弗洛林多先生和玛蒂尔德太太说："如果书本像足球一样是圆的，那么罗伯特将是老师。"

巴乔的另一位意大利文女教师在教了巴乔两年之后对这个既漂亮又乖巧的男孩毫无办法，恨铁不成钢，于是挖空心思给他出了一道题，让他分析一句话的逻辑结构。女教师出的题是：我知道你是一个好的足球运动员。结果巴乔轻而易举地分析出了这道题。而同样的语言结构，离开了足球二字，巴乔就要犯迷糊。

这样，人们逐渐有了共识，认为只要给巴乔的是一个足球而不是一道题目，你就会看到巴乔精彩的表演。

于是，似乎顺理成章地便有伯乐看中了巴乔这匹千里马。省级的维琴察足球俱乐部的球探安托里尼，在跟踪观察了巴乔一年多之后的一天，拜访了巴乔的父母。安托里尼提出代表俱乐部主席与巴乔签约，巴乔将穿上白红相间的球衣，接受正规的职业化的训练，而俱乐部主席将为得到巴乔支付 150 万里拉的意币。弗洛林多夫妇在听清了安托里尼的话之后不禁面面相觑，他们不敢相信他们顽皮的小巴乔竟然真的要踏上职业足球之路了。

而罗伯特·巴乔满怀喜悦地来到了维琴察少年队，为这个队赢得A组锦标赛的胜利而积极征战，表现极佳。这个来自多雾的小镇的漂亮小伙看上去有点腼腆和拘谨，但一旦进入赛场，就变了一个人似的。他潇洒地带球过中场，一有机会便会起脚抽射，并几乎总是可以射中，一股锐气，势不可挡。以致维琴察的人们一片惊呼，认定巴乔将是罗西的接班人。

　　在意大利这个对足球运动如痴如狂的国家，优秀的足球俱乐部比比皆是，繁复的赛事连绵不断，球探们整天睁着敏感的眼睛四处搜寻天才球员。命运一次又一次地向巴乔招手，巴乔一步一步接近着他所朝思暮想的职业球员的生活。一种成名的预感笼罩着巴乔，赛场上的竞争气氛，真正的运动衫的味道，进球数，梦想中的10号球衣，他所崇拜的天才球星济科，为了看球和呐喊大把花钱的球迷，等等等等，这一切对巴乔具有强大无比的诱惑力，巴乔终于明白，他是为足球而生的。

　　于是，罗伯特·巴乔决心放弃会计学的学习，告别卡尔多尼奥平静的生活，坚定地步入绿茵场，开始他的足球生涯。而他的哥哥瓦尔特却在这个时候冷静地告别了绿茵场。正如巴乔的第一个教练，现在是面包师的吉安先生所说的：做一个真正的职业足球运动员，乃至做一个球星，那是要付出常人所不知道也无法想象的巨大痛苦和代价的，并且付出了代价也并不一定能够如愿以偿。

　　这些道理对于年轻的巴乔来说，也许理解也许不理解，但什么都挡不住巴乔对自己命运的选择。

　　假如我们仅以获奖作为标志来衡量一个人的成功与否，那么毫无疑问，1993年是罗伯特·巴乔在世界足坛上冉冉升起，金光四射的历史时刻。罗伯特·巴乔在意大利足球甲级联赛的1992—1993赛季中射入了许多令人叹为观止的球，另外还为队友创造了许多进球机会。巴乔作为一个并不是专职的前锋，其出色的表现征服了欧洲足坛。因此，巴乔被评为这年的欧洲最佳球员，从而荣获金球奖。同时又被评为世界足球先生。

金球奖是一年一度的对足球运动员的最高的个人奖励，好比是足球界的奥斯卡奖。十一年前，也就是 1982 年，正当十五岁的巴乔在维琴察少年队当上队长并同时参加国家少年队的时候，保罗·罗西荣获该年度的金球奖。保罗·罗西是当年意大利世界杯的英雄。由于保罗·罗西也是来自意大利北部的维琴察俱乐部，维琴察曾希望巴乔成为罗西的接班人。而十一年后，巴乔不负众望，果真成了金球奖的获得者。

1993 年的罗伯特·巴乔二十六岁，身高 1.74 厘米，体重 72 公斤，梳一条细小的马尾辫。他似乎更加英俊文艺，灵气逼人。许多著名的摄影师为他拍下了各式各样的漂亮照片，有的动若脱兔，有的静若处子，有的则西装革履，风度翩翩，文质彬彬。巴乔成了众所周知的名人，成了小伙子姑娘们的偶像。他的画像全球畅销，新闻媒介关于他的评论和介绍铺天盖地。

但是，能够不仅仅以获奖作为成功标志并能够清醒地评价罗伯特·巴乔的还是罗伯特·巴乔自己。

在颁发金球奖之后，巴乔说过这么一段话。他说："坦白地说，我当之无愧。但欧洲还有几个人没准能够被评上。优秀的球员是不少的，但像我这样充满激情的足球艺术家就不多了。"

巴乔说得是那么的冷静，那么的坦率准确和真诚。应该承认巴乔的确成熟了，他对自己的足球生涯拥有了与众不同的省悟和理解。他是一个"充满激情的足球艺术家"。

对于一个充满激情的艺术家来说，他在激情喷发的时候可以闪射出最独特最明丽最绚烂夺目的光彩，而在情绪低回的时刻他没准也会黯淡无光，他也将会碰上比别人更多的曲折和坎坷，回首过去的十一年，巴乔似乎正是这样走过来的。

1982 年，罗伯特·巴乔毅然决然地选择了自己所热爱的足球事业，当上了维琴察少年队队长，被卡德教练送到一流的球队去做艰苦的集训。集训结束后，巴乔回来参加了少年锦标赛的比赛。这对一个十六岁的少年来说，生活刚刚有点儿好梦成真的意味。但就在这时候，维琴察俱乐部发生了混乱，新教练代替了原教练。由于巴乔年纪尚小，开始人们并不太在意他细瘦的体形，但一段时间之后，领队逐渐怀疑巴乔是否能够坚持住高强度的奔跑了。在研究巴乔的时候，有人提出巴乔技术虽然无可挑剔，但缺乏强悍的体格，假如他的身体不能坚持连续打十场比赛，作为一个足球运动员，其价值就值得怀疑了。

——这是少年巴乔遇到的第一次打击，他离开了球队，回到普里马维拉队踢球，在沮丧的情绪中一直期待着重新被召回。

巴乔在 1984—1985 年的新的一轮锦标赛中回到了维琴察队并在整个赛季里成绩显著，名列榜首：射门二十九次破网十二次。却又发生了不幸的事件：在比赛中他与另一名球员撞在了一起，右膝交叉韧带断裂，巴乔被抬下场去。这次严重的受伤差点断送了巴乔的足球生涯。

且不说受伤和手术使这位少年球员心乱如麻，更使他忧心忡忡精神负担沉重的是归宿问题。第一个向维琴察的经理萨洛依提出购买巴乔的第一流的俱乐部是桑普多利亚，但该俱乐部主席认为花一大笔钱购买一个有待进一步证实其价值的球员，他将会受到很大的压力和谴责。之后尤文图斯队也想购买巴乔，萨经理要价说："四十亿里拉。"

对方的反应是："太多了！"

都灵队也想买巴乔。但佛罗伦萨队愿意出价到二十七亿里拉。在佛罗伦萨队的球探卡内奥托再三保证巴乔值这个价之后，佛罗伦萨俱乐部的主席康特·贝特罗同意支付这笔款子。而当巴乔为签订协议走进方形的主席办公室时，康特几乎忽视了他。可怜的罗伯特·巴乔马上意识到自己所受到的冷落，他站起来就往外走，结果被大家叫了回来。

在巴乔的心灵深处，他无疑感到受到了巨大的伤害。这次见面在巴乔的感情上打上了黑色的烙印，这烙印的阴影一直无法抹去。那深刻的伤害所带来的创痛一直延续至今。

年轻的巴乔大概万万没有想到社会是如此的残酷无情，足球里面还有许许多多的非足球因素。这无疑是具有艺术家气质的年轻人所接受不了的。所以，尽管签约以后巴乔迁居到了佛罗伦萨，他与俱乐部经理们的关系却始终不可能融洽。他甚至故意与个别经理作对。

经理们也严厉地批评巴乔说："你必须成长为一个真正的选手，不要总装得斯斯文文像个小孩。"

这种话对十九岁的巴乔对视足球为生命的巴乔来说实在是太过分了，加上旧伤复发，又需要长时间治疗，巴乔一时真有穷途末路之感。

是继续踢下去还是放弃？这个问题对于巴乔就如同哈姆雷特面对生存还是死亡，他和哈姆雷特一样感到了无比的沉重。巴乔在几个月的时间里一直彷徨着。

在巴乔最为失意和消沉的时刻，他的女朋友安德琳纳来到了他的身边，陪伴并照顾他。巴乔为了治疗膝伤，进行了为期八个月的疲劳恢复疗法。除了安德琳纳，理疗师帕尼也陪着他。这时期，巴乔的队友经常到他的公寓来看望巴乔，另外一个绰号叫"麻雀"的厨师也给了巴乔热情的鼓动和诚挚的友谊。还有本城的一个作曲家福兰科茜为人很不错，特意为巴乔作了几首歌曲。巴乔的彷徨终于结束了，在八个月的恢复期之后，他首次代表佛罗伦萨青年队在锦标赛上露面。

然而令巴乔心悸的是，他在复出之后的比赛中表现得极为平淡。过去人们已经习惯了巴乔在比赛场上的"称王称霸"，这么一来，人们大失所望，新闻界则已有小报将巴乔称之为"前最佳运动员"了。

　　但是巴乔已经从他所经历的人间冷暖和种种痛苦中坚强和壮大了起来。一个腼腆的乡镇少年消失了，转眼间巴乔已经成为一个颇有见地和个性的青年选手。他开始勒紧自己命运的缰绳，试图操纵它。外界的风雨雷电已在他的意料之中并且他一定要战胜它们。

　　踢过几场球之后，巴乔的身体状况又变得糟糕起来。他肌肉的紧张度下降，右腿比左腿瘦了五厘米。巴乔一边踢球一边治疗，以顽强的精神状态奔跑在足球场上。

　　佛罗伦萨是一座阳光充足的城市，球迷们热情友好，对巴乔还是表示出了他们的某种喜爱。

　　就在巴乔全力以赴对付膝伤，与四周的一切阴影苦苦搏斗的日子里，新的赛季又来临了。这已经是1986—1987赛季，天空似乎出现了一点光亮，佛罗伦萨俱乐部的人事有了重大变动。贝拉迪担任了新主席，他看好巴乔。他十分关心巴乔，设法使巴乔得到更好的训练，并且还从卡尔多尼奥请来了巴乔的母亲，让她照顾儿子，以抚慰巴乔对家乡的思念。

　　于是，巴乔抓住这个机遇，披挂上阵，在联盟杯上露了面，又参加了意大利锦标赛。

　　然而巴乔在比赛场上的状态仍然不尽如人意。小伙子这一次所受的痛苦是难以用语言表达的。祸不单行的是他的膝伤再次复发，关节疼痛得极为厉害。巴乔苦恼极了，这使他体会到了什么叫作"天不使高，强争无益"。他茫然四顾，真不知道怎么办才好。在这种时刻，巴乔是多么怀念自己多雾的卡尔多尼奥小镇，多么怀念他八岁那年那场辉煌的赛事，也只是在这种时刻，巴乔才更深刻地懂得了有时候一个人要为他的所爱付出多么痛苦的代价。

所幸的是，巴乔的右膝是半月板出了毛病，对于一个足球运动员，这远不是致命的。巴乔到法国动了第二次手术，然后由帕尼坚持为他治疗。贝拉迪慧眼识英雄，他仍然对这个一头鬈发的小伙子青睐有加，热情地帮助他全面恢复包括恢复自信心。在巴乔周围所有人的共同努力下，巴乔的伤势痊愈得很快，肌肉紧张度也重新达到正常的程度。

在这个赛季的最后阶段，巴乔精神抖擞地重新回到了球队。佛罗伦萨队这时候正走霉运，处在降级的边缘。巴乔像一只饱经沧桑又经过养精蓄锐的下山猛虎，闯进了绿茵场。在与由已经红遍了世界的大牌球星马拉多纳挂帅的那不勒斯队对阵时，巴乔射进了一个沉甸甸的球。正是这关键的一球，将佛罗伦萨队从降级的厄运中挽救了出来。

太阳终于照在了巴乔的头上，尽管只是片刻的照耀。但巴乔已经从中汲取了足够的自信心和力量。这是接下来的一个赛季，巴乔作为本队的头号选手，将率队与 AC 米兰队对阵。AC 米兰队的阵容是无比强大的，有著名的教练萨基先生，有著名的球星古力特和范巴斯滕。要知道那时候范巴斯滕蒸蒸日上，如日中天，正是范巴斯滕，在后来的一九八九年、一九九〇年和一九九二年三次获得金球奖。到目前为止，全世界只有两名球星获得过三捧金球奖的殊荣，另一名球星是法国的普拉蒂尼。

在圣罗西体育场进行的这场比赛是异常激烈和激动人心的。AC 米兰队发动了一次又一次的进攻，佛罗伦萨队奋勇抵抗和防守反击。巴乔几乎不停地在对方的拦截中带球穿插，球随人走，仿佛他的脚充满了魔力。场上的观众一次又一次为巴乔的精湛技艺鼓掌欢呼。在群情激昂中，巴乔又制造了一次高潮，他一个绝妙的传球，使迪阿兹将球送入对方的网窝，终场时佛罗伦萨队以 2 : 0 战胜了 AC 米兰队，球场内再次掌声雷动，巴乔和他的队友们大出风头，巴乔被世人刮目相看。

几载沉浮，年轻的巴乔对人生对现实都有了新的认识。为了让自己精神不倒，为了让自己激情不衰，也为了超然地面对今天和明天的红尘浮云，巴乔寻找到了宗教和爱情。

巴乔寻寻觅觅，从遥远的东方寻觅到了佛教。佛教给了巴乔许多帮助。他在大出风头之后又曾经坐过冷板凳，这时巴乔对此已不太在意。巴乔开始具有一种大家风范，开始修炼一种宠辱不惊的素质。即使佛罗伦萨将十号球衣给了另一名球员，即使他不得不打左边锋的位置，巴乔都能射入许多精彩的球。

安德琳纳是一个漂亮而痴情的姑娘，与巴乔是小老乡。他们十来岁就相识了，订婚已有七年。在巴乔困难的时候，安德琳纳总是出现在他的身旁并陪伴、帮助着他。安德琳纳就像上帝派来的扇动着翅膀的小天使。巴乔决定在1989年7月举行婚礼，让天使永远在自己身旁。

宗教和爱情就像神奇的两翼托起了巴乔，巴乔在为佛罗伦萨队射入了许多精彩的球之后，他的位置在佛罗伦萨队已经无人能够替代。接着好戏连台。巴乔被征召到二十一岁以下的意大利国家奥林匹克足球队，参加了该队对荷兰队的比赛。那场比赛由于巴乔积极的精神状态和带球穿插技术，使他颇得评论界的好评。接着他被召入意大利国家队。一九八九年四月二十二日巴乔参加了意大利队对乌拉圭队的比赛，在两个队友的配合下，巴乔以一记漂亮的小角度射门攻入了进到国家队之后的第一个球，这是巴乔对自己婚礼的隆重献礼。

至此，巴乔稳稳地在足坛立住了脚跟。他像孩子一样对生活露出了满意的微笑。尽管在这微笑后面饱含着与他二十二岁年龄不相符的辛酸与坎坷。

巴乔与安德琳纳的婚礼于一九八九年七月二日，在佛罗伦萨举行。巴乔的父母和朋友们都来祝贺了这对金童玉女。人们对他俩这种青梅竹马，两小无猜的友情以爱情的结局出现感到无比的欣慰和高兴。忠贞和漫长的爱情像一个古典言情故事一样使人们羡慕并乐于传颂。巴乔则沉浸在半人半仙的幸福之中。

按中国的传统习俗来说，结婚是一个人的成人仪式。东方佛教的信徒巴乔的结婚似乎非常符合这一说法，婚后的巴乔的确有了大人的味道。

婚后不久有一个很不妙的消息传来，佛罗伦萨俱乐部主席波恩特德罗决定出售巴乔。巴乔听到这消息后只是淡然一笑。他不可能再像十五岁的时候那样痛不欲生，被人从精神上击倒。巴乔明白，自己与佛罗伦萨俱乐部的经理们无法相互沟通与相互理解，出售他是迟早的事。

所以，在得到坏消息之后不久的一场比赛中，巴乔依然灵气焕发，矫健无比。那是一九八九年九月二十日，巴乔的两个入球使意大利国家队以4∶0战胜了保加利亚队。这是巴乔职业足球生涯中第一次连续进两个球，他欣喜若狂，他感觉自己有点像八岁那次那样的高兴和兴奋。

巴乔破自己纪录的进球并没有使佛罗伦萨俱乐部的经理们回心转意，出售巴乔的谈判在一个接一个地进行。不管怎么说，巴乔从一个少年进入佛罗伦萨队到成为一个成人，在波波折折和恩恩怨怨中一步一步走过来，他对佛罗伦萨队还是有着深厚感情的，本来他打算续约到一九九一年七月，但一切看来将不可挽回。

巴乔又一次地不得不将眼睛从足球上收回来，紧盯着自己的标价和归宿。不过这一次他身边有了妻子。他携着妻子与俱乐部经理们约在旅馆见面和谈判。想必这能使他那颗具有艺术家气质的心灵躲藏得更深一些，免受许多尴尬与伤害。

最初谁也没料到巴乔的这次转会会掀起一场轩然大波，痛苦将以另一种形式直逼巴乔的身心。

在意大利，佛罗伦萨队的球迷一直对尤文图斯队充满了敌意。当尤文图斯俱乐部主席埃吉里尼向新闻界宣布他有意购买罗伯特·巴乔之后，佛罗伦萨的球迷向佛罗伦萨俱乐部的经理们发出了警告和抱怨。但是，经理中的大多数人认为巴乔最好还是离开佛罗伦萨队，他们希望将他卖给除尤文图斯队之外的任何其他队。这期间，巴乔和他的妻子与意欲购买他的 AC 米兰队经理部主任接触过一次，但最终没能达成协议。而尤文图斯俱乐部主席埃吉里尼此时却是求贤若渴，由于他刚失去爱将普拉蒂尼，正焦急地寻找一个合适的球员替代他的位置。他看中了巴乔，并许诺了一个天方夜谭般的价格：二百五十亿里拉。这巨额的转会费在当时创下了世界纪录。佛罗伦萨俱乐部主席决定将巴乔卖给尤文图斯队。

这一决定是在一九九〇年元月中旬的一天在佛罗伦萨城宣布的。那一天巴乔躲在家里，心中充满了无奈和忧伤。他将被迫离开长期热爱和支持他的众多球迷，这是巴乔最最过不去的一关。他那双依然如孩童般清纯的眼睛又在茫茫天地间寻求引导。他每日清晨起床的第一件事便是打坐念佛，祈求佛祖保佑，不要让足球之外的纠葛来缠绕他。

然而巴乔没有躲过去。巴乔已是世人瞩目的球星，他躲不过去。

巴乔转会到尤文图斯的消息传开，五千名球迷在佛罗伦萨市中心举行了抗议集会。佛罗伦萨俱乐部主席波恩特德罗金蝉脱壳，声称他考虑将整个俱乐部都卖掉，卖给格威先生，于是球迷们心中又重新燃起了希望，以为他们的盛情也许会使巴乔继续留在佛罗伦萨队踢球。这一下将巴乔推入到两难的境地之中，他为了不负球迷的盛情，不惜放下前怨，与格威先生秘密见面，并表示他不愿意离开佛罗伦萨队，为此他甚至可以和俱乐部的经理们和解。可是，这仅仅是巴乔个人良好的愿望而已。

真正的骚乱发生于五月十七日。

这一天，巴乔被正式宣布加盟尤文图斯队。佛罗伦萨的球迷简直气疯了。他们在佛罗伦萨城里奔走相告，游行集会，整个城市仿佛在打一场游击战。球迷们强烈要求巴乔出来与大家见上一面。巴乔出来了，他向他的球迷们解释了事情的经过并愤怒地谴责了佛罗伦萨俱乐部主席波恩特德罗。

与巴乔针锋相对，佛罗伦萨俱乐部的经理们则指责说是巴乔为了钱而离开佛队，说巴乔拒绝接受每年十亿里位的三年合同，这样一部分球迷又反过来嘘巴乔。球迷个个争来吵去，你推我操，广场上爆发了骚乱，一时间警笛四起，人们更加气愤和慌乱。结果这场骚乱造成了包括警察在内的五十人受伤，有十五人被捕，五十四人被拘留，二十六人受到审问。

佛罗伦萨的骚乱一波未平，意大利国家队驻地一波又起。球迷们为了泄愤，朝国家队的每个队员唾骂；人们冲进国家队领队维悉尼先生的办公室寻衅滋事，维悉尼先生不得不向公众关闭他的办公室。

流言在球迷中间不胫而走，巴乔真是百口莫辩。五月二十日，巴乔遭到了约两千名球迷的侮辱和责骂。巴乔竭力想告诉人们事实真相，但人们对事实真相究竟是毫无兴趣，他们只看到了结果，结果是巴乔成了尤文图斯队的队员。巴乔讨厌粗暴和恶行，但球迷们可根本不管那一套，他们叫嚣着谩骂着，甚至对巴乔进行了人身攻击。

在巴乔从小对足球的迷恋之中，就有一份对拥有球迷的向往。巴乔欣赏和陶醉于那种淳朴、善良的友情。后。来他得到了球迷，他一直是那样珍惜和爱护这种感情。可是这一次巴乔受到了强烈的震动。尤其是六月六日，当尤文图斯队的队员来到佛罗伦萨参加备战1990年世界杯的意大利国家队时，他们遭到了猛烈的进攻，汽车也被球迷们毁坏了。

一种美丽的感情，梦幻式地破灭了，这是那些具有艺术家气质的人所深感伤心的人生不幸之一。巴乔正是这样。这场风波对巴乔来说，他表面受到的伤害，远远不及某种信念的坍塌给他人生带来的迷惘那样令他深深地失望。

当巴乔再次挺身出马，驰骋赛场时，人们从他脸上觉察到了某种刚毅和冷峻之色。尤其在他厮杀的时候，巴乔脸上的皱纹增多了，变得线条分明，他嘴巴紧闭，深凹的眼睛里经常射出鹰一般的光芒。

巴乔成熟了。

巴乔已是身价二百五十亿里拉的球星，将第一次代表国家参加世界杯赛。尤文图斯俱乐部的主席埃吉里尼亲自拜访了国家队，鼓励巴乔要打出水平。巴乔自己也十分明白自己正在向高峰升腾，破碎的一切就让它破碎吧，他只有一个理想和一个梦幻以及一个目标，那就是足球！

但是，尤文图斯队对巴乔是陌生的。国家队教练对他也没有过高的期望。本来巴乔在尤文图斯队穿的十号球衣，但在世界杯的头两场比赛中，教练一直让他坐在替补席上。七月十二日，在意大利队对捷克斯洛伐克队的比赛中，教练让巴乔穿了十五号球衣上场。

只有沉默寡言的巴乔心里清楚，所有的这一切委屈和轻视对这个时候的巴乔来说只能成为鞭策和动力。这些玩意儿再也不能使他颓丧和气馁。

巴乔等待着他的幸运时刻。

巴乔只得穿着十五号球衣上场。然而上场没几分钟，巴乔就和他的队友打了一个精彩的配合，他们左右开弓地盘带着晃过了三个防守队员，连守门员都被骗过，然后由斯吉拉齐右脚射中。全世界的球迷通过电视目睹了这个精妙绝伦的进球，他们在为斯吉拉齐鼓掌的同时也为巴乔的足球技艺所倾倒。这两位来自尤文图斯队的进攻选手点燃了意大利第四次夺取世界杯的希望。

半决赛中，巴乔风头正健，意大利队与阿根廷队狭路相逢。巴乔射进了一个又是十分精彩的球。但马拉多纳和他的队友们在最后的点球大战中战胜了意大利队。那届世界杯意大利极不走运。尽管如此，巴乔依然脱颖而出，给全世界的球迷留下了深刻的印象。他成了一个国际球星。

不过，巴乔足球水平的登峰造极应该说还是在尤文图斯队达到的。

巴乔与尤文图斯队的磨合过程也真够巴乔受的了。从转会的那场风波到入队后很长的一段时期，巴乔的日子过得非常艰难。这里暂且不说巴乔在对待球迷问题上感情用事给他带来的公众舆论上的压力。实质上，巴乔处理感情的方式直接影响了和渗透了他的足球事业。

比如巴乔加入尤文图斯队之后的第一个赛季，尽管他射进了二十六个球，但人们所记住的只是他在对佛罗伦萨队的对阵中拒绝罚点球的事。佛罗伦萨队的球迷并没有因此而停止对巴乔的嘘声，而其他人几乎无一不认为他缺乏职业道德，每个人都给了他尖锐的批评和嘲弄。

尤文图斯队发现如果没有巴乔，这个队也许更协调更平衡。毕竟足球是整体配合的运动，当别人都与你貌合神离，无法默契，即便再走红的球星也是很难施展才华的。

如果说巴乔认为感情是他个人的事，而他可以将感情深藏而奋力踢球并照样踢得很好，那他就错了。巴乔是这么做的，但事实给了他教训。

尤文图斯队在联盟杯及意大利足协杯赛中双双失利后，教练引咎辞职，巴乔由于受伤而退出比赛。一九九一年底大家发现，无论是巴乔个人还是尤文图斯队，这一年都是失败和倒霉的。三年来尤文图斯队第一次未进入联盟杯决赛，尽管没有人公开说什么，但人们都感觉巴乔对尤文图斯队至少是没起什么作用。教练对巴乔很不满意，他让巴乔离球门远一点，多牺牲一点自己，为队友创造机会。他责备巴乔射门太具幻想，不实实在在。教练要求巴乔改变他的个性和风格，这令巴乔苦恼得无以复加。巴乔在公开场合表示他从来没有像现在这样不愉快。而一有可能他就回到家乡，躲进他童年的港湾里舔自己的伤口。

由卡佩罗调教的 AC 米兰队在意大利足坛雄踞霸主地位，被誉为"绿茵梦之队"。尤文图斯队花巨款购买了巴乔之后，尤文图斯队依然赶不上 AC 米兰队。即使在后来，尤文图斯队又投入了大量的财力购买了维亚利，而巴乔和维亚利都尽了力，尤文图斯队依然没有打败 AC 米兰队。

巴乔的处境很复杂，在尤文图斯队中找到一个适合他自己的位置太不容易。照这样下去，尤文图斯队是没有希望获得联赛冠军的。身为尤文图斯队身穿十号球衣的队长巴乔真是尴尬和痛苦到了极点。那一年，就在范巴斯滕被评为足球先生的时候，巴乔则完全被人忽略了。

的确，巴乔在尤文图斯的足球事业因为种种因素而不尽如人意。他似乎被挤到了死胡同里。

也许巴乔天生就是这么一个人，像他父亲一样，靠激情的喷发来创造奇迹，须置之死地而后生。

当情况糟得不能再糟的 1992 年最初的两三个月过去之后，巴乔昂扬了起来，似乎逐渐找到了感觉。在四到五月期间，巴乔率尤文图斯队取得了联盟杯的胜利。尤文图斯队首先在主场迎战巴黎圣日耳曼队，在 0：1 落后的形势下连扳两分反以 2：1 取胜。四月二十二日在巴黎踢客场，尤文图斯队再以１：０取胜。其间，还有国内联赛，四月十一日以２：１胜同城兄弟都灵队，随后客场迎战 AC 米兰队，在圣西罗体育场以３：０将其战而胜之。四月二十五日在尤文图斯队对佛罗伦萨队的比赛中，巴乔射进了第一个球，从而使尤文图斯队以３：０战胜了佛罗伦萨队。直到这个时候，其间已经过了三年时光的淡化，巴乔才认识到比赛就是比赛，比赛就应该进球。

而真正使他不再觉得有负于佛罗伦萨队，是在他听到看台上的球迷骂他的妻子和女儿之后。巴乔是一个深爱妻子和女儿的男人，况且他的妻子和女儿是无辜的。辱骂无辜的女人和孩子，这实在是太卑鄙下流了。从此，巴乔才彻底摆脱了与佛罗伦萨队的感情纠葛。

五月五日，是联盟杯的决赛，尤文图斯队在客场多特蒙德与汉堡队比赛。巴乔状态极佳，在主队领先的情况下，他将比分扳平并以３：１取胜。两个星期之后，尤文图斯队又在主场都灵对汉堡队以３：０获胜。于是，尤文图斯队和巴乔终于夺得了联盟杯。这样，巴乔向世人证明了他绝对对得起他巨额的转会费，并且，他终于与尤文图斯队融为一体了。

这时候，在都灵没有人认为尤文图斯队能够缺少巴乔。巴乔与尤文图斯俱乐部的合同要到一九九五年七月才到期。但他们又已经让巴乔续签了合约。巴乔已经有了一百亿里拉的生意，已经有了漂亮的大女儿，并且又在喜悦而焦急地等待着第二个孩子的出生。这种如春天般温暖的大环境使巴乔得到了身心的滋润，他信心百倍，热情高涨，因此灵气逼人。虽然他依然遇到了不少的麻烦，比如在比赛中摔断了腿，比如因提意见而被俱乐部罚了款等等，他还是在新赛季中进九个球，并且庆祝了自己在甲级联赛的第二百场比赛和第一百个进球。

巴乔的星光在一系列的国际比赛中更加耀眼。本来巴乔就喜欢国家队，非常尊重主教练萨基，因为萨基对巴乔一直看好和器重。所以，每当巴乔参与国际比赛时他似乎就能够将他的盘带、传球和射门技艺发挥得更加淋漓尽致和出神入化。意大利国家队使巴乔成了世界一流的球星。在世界杯预选赛第二阶段的比赛中，无论是首场对瑞典还是后来对葡萄牙，巴乔都十分成功。尤其是对爱沙尼亚的入球和对英格兰的上乘表演，更使巴乔金光四射，具有王者风范。

正是他，罗伯特·巴乔，在圣西罗体育场对葡萄牙队的比赛中，一记射门使罗伯特·巴乔补射破门得分，使意大利队得以进军美国，闯入一九九四年世界杯的决赛圈。巴乔被评为一九九三年的世界足球先生并荣获金球奖。正如巴乔自己所说的，他是当之无愧的。

巴乔是当之无愧的。凭他自幼对足球的热爱，凭他为了足球所流的血汗和经历的所有痛苦，凭他对足球独特的理解和执着地坚持自己的球风和个性的精神，巴乔的确当之无愧。

有评论说巴乔不能成为足球先生，因为他不知道如何去领导一个队；也有评论说巴乔又像中场又像前锋，他确定不了自己的位置，不是一个真正的十号，而是一个九号半；还有评论说巴乔踢球大随心所欲。这些评论也许都是中肯的，但他们与一个足球奇才的闪闪发光并无关系，所有的奖都是人为的，而且并不是要奖给十全十美的完人的。当你目睹罗伯特·巴乔在绿茵场上竞技状态最佳时的模样，你不能不承认，只因为有了一个巴乔，世界足坛便又增添了异彩。

当年在家里踢球被母亲和姐姐们大声呵斥的小巴乔肯定没有想到，在二十多年之后他会是个如此了不得的大球星的。那时候小巴乔的理想是得到一个真皮足球和被允许参加大孩子们在泥巴地里的比赛。而现在的巴乔每年大约有二百万美元的收入，买一只小小的皮球当然是不在话下了。巴乔买了自己的房子，还在家乡买下了一座山丘。另外他还有代理人替他管理生意。金钱、荣誉和名气在他来说都已经不是问题。然而，巴乔还是巴乔，巴乔还是那个渴望真皮足球的，漂亮腼腆而聪明伶俐的小男孩。

当巴乔成为一九九三年的世界足球先生之后，他的打算令人目瞪口呆。他打算在将来退役后，回到家乡小镇卡尔德格罗生活。他的父母亲还有岳父岳母都居住在这个小镇里。他将经营一个专营名牌体育用品的商店，将在他买下的山丘上狩猎，将在村舍和小花园之间的窄窄的小街上散步——在二十世纪九十年代中期，巴乔选择的这种生活完全不是人们所期望的一个世界足球先生应该过的生活。这简直像是目光短浅的没见过世面的农民的选择。但巴乔绝不是农民。巴乔就是这么一个血管里一直流动着淳朴和温情的男人。这种高贵的质朴气质和他的另一种艺术家的气质——敏感而富于激情——融于一体，这使得巴乔作为一个男人，他是那么迷人和优秀，是许多女性所倾心的对象。而作为一个球星，则一分为二，成也萧何败也萧何，足球造就了他，即使他成了一个与众不同的一流球星，又给了他制造了不少跌宕。

有个故事意大利球迷将永远难忘。前面曾一带而过地提及过这个故事，然而将它写在这一节里显然是最合适的。因为这一节不写巴乔踢足球，专写巴乔是怎样一个有血有肉的男人。

巴乔踏上职业足球之路的起点是在佛罗伦萨俱乐部，有一段时间，巴乔由于伤病、手术和被佛罗伦萨俱乐部的经理们的忽视而步履艰难。但佛罗伦萨的球迷日益喜欢他，他们帮助他，支持他，于是，巴乔也对他们怀着一股感恩图报之情。后来，当巴乔以创世界纪录的转会费转入佛罗伦萨队的死敌尤文图斯队时，佛罗伦萨的球迷们愤怒地骂他是个见利忘义的小人。事实上是佛罗伦萨俱乐部的经理们决定出售巴乔而不是巴乔自己要离开佛罗伦萨队的。尽管如此，巴乔觉得还是欠了佛罗伦萨球迷们的情。在他加入尤文图斯队的第一个赛季里，他在和佛罗伦萨队对阵的时候，竟然感情冲动地拒绝为尤文图斯队主罚点球。

尤文图斯队与佛罗伦萨队比赛的那一天，佛罗伦萨约有八千人之众到场为本队助威。他们用彩色纸画了一幅巨大的画，画的是佛罗伦萨城著名的纪念碑，然后他们都盯着巴乔。巴乔觉得自己简直不知道怎么踢球了。命运作怪，老天又偏偏让巴乔获得了一个点球。在这个时刻，佛罗伦萨球迷的嘘声震耳欲聋，巴乔就是不肯主罚这个点球，于是只得让另一名队员代替巴乔去踢。不幸的是，巴乔队友的这个点球被佛罗伦萨队的门将迪·阿戈斯蒂尼扑住了。佛罗伦萨球迷欢声雷动，而尤文图斯队的队员和球迷愤怒之极，他们骂巴乔是"叛徒"，是"犹大"。巴西籍的清道夫朱里奥当场要巴乔解释这一切，教练不得不让巴乔下场。

——巴乔作为一个重感情的男人，采用了这种几乎是断送自己职业道德的方式，与他挚爱的城市做了告别。

也许足坛对巴乔的行为不屑一顾，但他会使全世界所有的女人热泪盈眶。这就是巴乔。

巴乔一头鬈发，脑后扎只小辫子。当记者问他为什么梳条小辫，巴乔害羞地一笑，回答说他认为没有小辫子会显得非常难看。其实在日常生活中，巴乔也有不扎小辫子的时候，他许多西装革履的照片就没梳小辫，头发梳得油光光的，也挺帅气。巴乔还曾劝他的队友和好朋友维亚利也梳小辫，这多少表现出了巴乔孩子般的天真。而维亚利后来却剃了个光头。

巴乔酷爱狩猎一直使他处于非议之中，因为他是一个佛教徒，而佛教徒是不应该杀生的。但对巴乔来说，狩猎是一个美梦成真的游戏，他不可能不喜欢。当巴乔在阿根廷购买了一大片森林用于狩猎的消息作为丑闻曝光之后，巴乔还是那么一副天真腼腆的神态。好像他真的不明白他信教与狩猎有什么关系。他还是每天早起就去打坐念佛。有记者问：你这么做有多大的真实性？

巴乔一脸凝重地回答：我信佛教是我的信仰选择，宗教对我的帮助很大，这是一件很严肃的事情，不是游戏。

巴乔的确没有把宗教当作游戏，他是非常虔诚的。当年他还住在佛罗伦萨的时候，他就与妻子一同去拜访过日本佛学协会主席。在日本，他秘密地学习日本空手道，天天练功。他运动衫的衣袖上总戴着一只红黄蓝三色袖标，上面绣着：必胜。

这就是巴乔。就和他是个与众不同的球星一样，他也是个与众不同的佛教徒。同样地，他的虔诚也是真实的。不然倒真无法想象在他成年之后，他那份天真，那份自然，那份独立不羁，那份不卑不亢将何以保持。

本文是以一个类似于定格的镜头，由1994年美国世界杯足球赛进入巴乔的故事的。对于巴乔来说，这届世界杯无疑是他足球生涯大起大落的一个顶点，或许可以说是他，罗伯特·巴乔，这位与众球星不同的世界级球星的前进道路的缩影。自从他开始踢球以来，他总是一波三折，总是要靠他自己向命运发起挑战。因此，巴乔的经历已经远远地超出了足球的范围，让我们既逼远又近在咫尺地看到了生活中人与命运的厮杀和较量。

1994年进军美国世界杯时候的巴乔，是他正在走红的时候。作为1993年的"世界足球先生"得主，他被人们固定在一个高高在上的位置上。他是英雄，是救世主，并且从今往后只能是英雄是救世主。

但是，1994年6月10日，在世界杯赛上意大利首战爱尔兰队便出师不利，被绿色波浪淹没。这对意大利来说简直是不可思议。在全国的一片嘘声中，巴乔也承认说，那真像一场噩梦。

然而对于巴乔个人来说，真正的噩梦还在后头，在意大利队对挪威队的比赛中，开场仅二十分钟，意大利守门员帕柳卡舍身封堵对方危险的进攻，被红牌罚下场，这时主教练萨基竟换下了该队头号主力巴乔。萨基的举动不仅使全世界的球迷目瞪口呆，也使巴乔更加苦涩地尝了噩梦的滋味。当时巴乔就认为萨基"疯了"，他感情冲动地质问萨基："你是否会在同样的情况下把马拉多纳换下场？"这种质问已经十分的孩子气并于事无补，因为萨基很好回答，他说："是的。"萨基还警告巴乔说："不要自以为穿十号球衣有多了不起！"

在足球世界里，一切都是这么尖锐和直截了当，主教练有时候简直就是一把尖刀。而作为一个球星，你必须学会面对这一切。也许这就是所谓心理素质。不过萨基当然不愿意在大战之际将矛盾激烈化，于是他任命巴乔为队长以表示对巴乔的信任与抚慰。

六月二十八日意大利与墨西哥的生死之战，巴乔组织了一次反越位进攻，一脚妙传将球送入墨西哥队禁区，这是巴乔在短短十日之内噩梦连连之后的警醒之始，这一球进了！意大利终于获得了小组出线。但总体说来，意大利的几场小组赛均踢得平庸无奇，乏味不堪。

然而，在与非洲黑马尼日利亚队的一战中，巴乔大放异彩。这一战踢得相当艰苦，在终场前两分钟意大利队还以 0：1 落后，但在八十八分钟的时候，巴乔神奇的一记小角度入球将比分扳平从而赢得了加时赛的机会。在加时赛中，巴乔罚中点球，一举将准备打道回府的意大利人送进了八强之列。意大利举国上下一片欢腾，有人称巴乔八十八分钟的那个进球简直价值百万美元。

在接下来的四分之一决赛中，巴乔又展绝技。六十三分钟时西班牙队将比分扳平，在比赛快结束时，意大利的队员们一个个精疲力竭再难有所作为。但又是在只剩两分钟的时候，巴乔突然接到队友的传球，绕过守门员将球送入网窝。这一下云开雾散，巴乔又一次将意大利从险象环生的丛林中带了出来，他们的目标直指冠军宝座。在这种情况下，称巴乔为"救世主"似乎并不过分。但历经坎坷的巴乔已经变得非常成熟，他朴实地告诉人们："我不认为自己是谁的救星，我只是做好分内的事。"

七月十四日意大利对保加利亚的半决赛巴乔表现得非常卓越。尽管保加利亚队重点冻结巴乔，巴乔还是突破重围，在短短的时间内，进了两个漂亮的球。在这场厮杀中，巴乔的腿又受了伤，门牙也被撞掉了一颗。但他幽默地说："还算好的是，我们意大利人只吃糊糊。"比赛结束后，巴乔在队友的拥抱下流下了激动的泪水。在世界杯赛中曾三次捧杯却又失去荣誉十二年的意大利队终于进入了决赛。

但是巴乔的噩梦再次降临。与巴西队的决赛，巴乔带伤上阵。第八十一分钟，巴乔在外围射门，球太高了。加时赛时，一队友又头球摆渡给巴乔，巴乔劲射，却被巴西队门将用手将球托出横梁。以点球决胜负的关键时刻到了，这在世界杯六十四年的历史上还是第一次，当巴乔踢出最后一个点球时，巴西队主教练佩雷拉抱住了头，不敢看这结果。但意大利队的英雄却将点球踢得一飞冲天。

这时，出现在世界面前的巴乔就是本文开头的那副神情和模样。巴乔悲痛欲绝。他明明是想射地滚球的。但怎么球高过了横梁了呢？巴乔在从前的数不清的主罚点球中，从来没有失过脚，巴乔至今都不明白这事是怎么发生的。

捧走1994年金光闪闪金球奖的球星是罗马里奥。在这一年的世界足球先生的评选中，巴乔退居第三位。巴乔甚至被某些报纸称为"跛脚的鸭子"。

这就是足球！极易从一个极端走向另一个极端。若这场球败了，不会有人理会你承受的伤痛和巨大的心理压力，以及胸中无处诉说的委屈，只能在责难声中灰溜溜回家；若是转败为胜，你便成了"拯救国家"的英雄。

巴乔沉痛地说："这次一失足成千古恨的终身遗憾将永远留在我的内心深处。"

尽管巴乔腿伤未愈，尽管世界杯的阴影一直笼罩着巴乔，但他又投入联赛新赛季的搏杀中去。联赛冠军是巴乔梦寐以求的。但是，伤痛和世界杯功亏一篑的阴影像两条毒蛇一般死缠着他。他甚至在很长一段时间里无法替尤文图斯队出场。巴乔又一次和命运之神展开了厮杀，和以往一样，他取得了胜利。在1995年4月伤愈复出后的十场比赛中，巴乔攻入了六个球，再次证明他仍然是尤文图斯俱乐部和意大利的头号球星。而在尤文图斯队终于取得了联赛冠军之后，在九五至九六赛季，巴乔又披上了AC米兰队的战袍。在上一赛季一蹶不振的AC米兰队，因为有巴乔和维阿的加盟，积分已经遥遥领先。

实际上，在罗马里奥返回巴西，退出欧洲足坛之后，人们已经把巴乔看成是世界头号球星。

足球对巴乔来说，太像一场游戏一场梦，可就在这场游戏这场梦中，巴乔肩负的责任太重太重——这是每一个天才都无可逃避的。

不论巴乔今后是否会更加辉煌，应该说那是上帝的事，而我们，应该让我们的球星巴乔做他想做的事。让他保持他的个性；让他避开人群，与他的家人安详地坐在一起喝茶；让他在家乡的小径上踢球以重温金色童年的好时光；让他与他钟爱的妻子安德琳纳和女儿瓦伦蒂纳一起看录像，看他所喜爱的动物片；让他沉醉于他所喜欢的七十年代的乡村音乐之中。他一心一意想把自己的全部献给他的家庭和事业，我们应该为这个具有古典美德的男人喝彩和骄傲。

无论从哪个角度来看巴乔，他都是一个有魅力的，有非凡才华的世界一流球星，这是毫无疑问的。

另一种珍视

终于，拿到新书《大树小虫》样书了。40万字，捧在手里，沉甸甸的。飞快翻翻，溢出一股新鲜书香。原本以为，终于拿到新书，会潜然泪下，因为实在是来之不易，近乎十年的构思，近乎五年的写作，近两年的一改再改、再改、再改……此前多年的写作，我都是一气呵成，从来没有遭遇反复修改。然而，我没有潜然泪下。我只是放下了手头的所有事情，手机静音丢一边，坐下来，开始静静阅读自己新书，这是比流泪更郑重的了。

《大树小虫》的写作出版，对我来说，非比寻常。原本以为，已经构思好的长篇写作，无非是一项重体力劳动。而写作过程却让我发现，它更是一项重脑力劳动。十年的写作，耗掉了一个人生，开始的，又是一个人生。《大树小虫》写三代人，历时近百年，我避开了传统的或者经典的线性故事，设计了方块加直线的不对称结构。我写一个个的个体生命，写他们在时空这株巨树上的奋力前行。由于时空弯曲，人物关系也就相互纠缠、互相碰撞、互相影响，甚至可以借用物理学的量子纠缠来想象，对于我来说，这是一个高难度动作。高难度动作还必须一再重复做一遍，那就是修改。情愿以及不情愿地修改，都异常艰难，充满考验，还充满遗憾。幸亏在这种磨炼中，我领会到了另一种人生新知：珍视遗憾。

以前我的珍视，更多地投向那些一气呵成、很快出版、纷纷获奖的作品。珍视获奖。珍视圆满。珍视夸赞。珍视好运。珍视昂贵。珍视好东西。写作这部长篇的这十年来，遭遇了种种以前从来不曾遭遇的写作教训与人生教训，遂我逐渐知道了另一种珍视。逐渐地，我开始珍视残缺。珍视舍弃。珍视批评。珍视本该得到却被失去的东西。珍视自己做的错事，或是蠢事——比如在当今这个碎片化阅读时代还坚持写作洋洋几十万字的大长篇，客观看起来，是不免有点蠢的，蠢我也十分珍视。我学会了珍视最日常的与昂贵毫不相干的普通东西。夏季到了。我会发现那把老旧蒲扇破损了边缘，某一时刻，我会搁下笔，端来针线盒，坐在迎光的亮处，穿针引线，为蒲扇镶边，其实网上大有新蒲扇可买还很便宜，原是我珍视这亲手缝补，又是珍视这蒲扇的贴身跟我多年。我喜欢针线，从容不迫，将破损缝补一新，我希望我能够这个样子，耐心修补《大树小虫》，也耐心修补自己人生的破损——我更珍视我还存有这种希望。某些事物也的确有意思：许多次，写作冲动会沿着针尖倏然升起，扎得我一跳一跳，只得放下针线，赶紧伏案挥笔，从针尖到笔端，两不相干却又紧密相连，文学灵感竟在最平常的事物里抽象地闪现，仿佛神迹，这简直太值得我的珍视。所以直至最后完稿，尽管我看《大树小虫》还远远不够圆满，可我学会了珍视这不圆满。

许多的珍视，交集起来，变成了一种感恩。我感恩《大树小虫》的成书过程。我更感恩凤凰江苏文艺社友人坚持了十年的约稿与十年的惦记。我感恩天长日久持之以恒的写作，既给予我工作的喜悦，也给予我人生的磨砺，还力挫了我的骄娇二气。我的获得远远不只出版了一本新书，更有我对事物另外一个方面以及多个层面的认识与理解，更富于智力与理性的认识与理解，而这一点，或许正是我的救赎之道。也是我在《大树小虫》的人物命运之中埋伏的这么一个道理：另一种珍视，恰当的妥协，在某些时刻，或许也不失为人生一种不可避免的选择。我奢望有读者能够读出来，并对他们的人生有益。

不可名状的幸福

　　文学之于我，不可或缺。我不是在写，就是在读，或是在想。大多数的想，是胡思乱想；大多数的写，是信马由缰：一段话、一点心得、一则自以为是的奇思妙想、一篇宏大或不宏大的构思与计划。动笔的冲动，总是突如其来，脑袋发热，眼睛发亮，下笔有神，不可遏止，心里头充满扬扬自得，暖乎乎的。而往往这些文字，却只是一枚停留在最美阶段的花骨朵，或者只是一句束之高阁的诺言。天长日久，它们静静聚集于书柜一隅，则很像一群落入尘埃的折翅天使了。也正因为如此，它们既避免了形成成品之后才会被发现的诸多缺憾，也避免了世人的指戳评说，还一直让我保有期待之美——谁知道哪一天灵感又会突如其来动笔的冲动会与从前文字再续前缘呢。

　　最有意思的是那些文学灵感在脑海里奔腾翻涌流光溢彩的时刻。那些虚幻时刻，一次又一次地，给了我切实的兴奋与愉悦。这种文学幸福，神仙一般，不在俗世，不可名状。

我的叛逆来得有点晚

感谢年龄的增长！时至今日我才知道：写作的意义与作家的关系，在不同阶段，意味是完全不同的。

许久以前，我9岁，抑或10岁？那是我第一次动笔写长篇小说。因为9岁那年我遭遇灭顶之灾。在全校大会上，我被取消资格宣传队队员资格，当着全校师生的面，被指名道姓出列，站到另一边去，那是"可以改造好"子女的队列，也就是黑五类学生队列，这个队列是重点批判的对象。这个"黑五类子女"大帽子一戴，其打击对于一个9岁孩子来说，基本就是灭顶之灾。愤怒出诗人，于是我也就暗暗写作起来了。而且上来就写长篇，发誓要把自己遭遇，一笔一画，详细且真实地写出来，我要彻底反抗当时流行的虚假华丽的大话空话。当然，这个长篇没能写下去，写实笔法连我自己都胆战心惊，生怕被人看见了举报和遭遇更猛烈的批判，就连草稿都无处藏匿，悄悄用手绢贴身缝一只口袋随身携带着草稿，可是夏天就要到了怎么办？万一被人查抄出来怎么办？那可是不得了的事情啊！某一天偷偷跑到湖边，一页一页撕掉，一边流泪，一边将草稿碎屑沉水。但是少年一根筋的那种强烈意气与拼死反抗精神，一直支持着我的酝酿构思和暗暗练笔，一直一直一直到我下放农村然后又从农村抽调回城，进入冶金医专读书。上学不久，欣逢盛世，一个新的春天来到了，终于，我得以在80年代的新时期文学热潮中乘风破浪，一举写出了大量新写实小说，简直是好风凭借力，送我上青云。那时候我写作速度之快，下笔如有神，基本就是短篇不过夜，中篇不过星期，长篇不过两三个月。

然后一晃，就是写《大树小虫》的时候了。时代已经完全变了。社会人物关系已经完全变了。文字语言的表述方式已经完全变了。人们的文学审美方式以及写作阅读方式，都完全变了。小说们一下子转不过弯来，被噎住了，被闷住了，被变得不好看了。无论是传统写作、经典写法还是新闻碎片式记录，似乎都产生了严重的阅读不耐受。那么我写《大树小虫》，得对自己来一次革命了。

我的反抗起来了。我想反抗长篇小说的传统与经典模式。反抗自己写得太顺手的习惯。于是从最初构思，到最后的完稿，足有十年。这个十年的写作，我的叛逆爆发。极其不对称的结构是否有审美效果？去掉所有拖累语速的虚字虚词是否能够让小说人物更有行动感、现场感和直视感？阅读代入感是否可以因为更注重动词运用而得逞？细节的复调式回环是否能够让人物形象得以互相补充互相渗透互相完满？而读者对这种复调式回环是否还有耐心阅读？等等，等等。只是我的叛逆来得有点晚，叛逆的副作用也发作得够厉害，正如儿时发过了水痘最好，老大不小了再发水痘，是一件很危险的事。是的，我做了一件危险的事。我终于写完了《大树小虫》。我患了一场迟来的水痘。

我的写诗简史

自幼写诗，胡乱几句。记不住具体年龄，只记得行为**诡秘**。写毕藏入小木箱，藏入即飞快落锁。"文革"抄家，小木箱失踪。按"文革"大事记推算时间，我人生第一批诗稿，应写在 10 岁之前。

小木箱失踪，胆战心惊，头悬"文革"利剑，不知何时砍下，惶惶中更加依赖写诗安慰自我，不料课堂上被同学抢去纸条，告发校方，"文革"利剑随即砍下："……，该女生本属黑五类子女，校方革委会还是以教育为主，将其划入'可以改造好'之列，但其不思悔改，小资情调特别严重，不断书写'道德败坏仇视人民对抗文革'的资产阶级东西，腐蚀广大同学的革命意志。……，经学校革委会研究决定给予处分。处分一：立即开除出毛泽东思想宣传队。处分二：不准许升入初中。"以上文件，刻骨铭心。母亲亲自到学校接受处理，黑着脸埋着头奔出校门，当街读完这份文件，一把拽我到面前，怒目喷火，举起巴掌，咬牙切齿说："太丢脸了！"末后宣布："你要是再鬼写鬼写，看我不砍断你手!"

天塌地陷，世界末日。那一天，那一刻，那些文字和声音，深深烙印在岁月之中，永不消逝。那一年我 12 岁。

背起书包，四处流浪，异地借读。借读生没有资格领取课本，最重要事情是每夜抄写借来的课本并装订成册。自然无暇也不敢偷偷写诗，但慢慢揣摩到可以把诗句变异，现身在公开的作文之中。于是作文成绩好得出奇，经常满分，经常成为全班范文。这是 12 岁至 14 岁。

高中时期，语文成绩的优异令我蜚声校园内外。语文老师兼班主任在自豪之余，不免偶尔充当我保护伞，便以一丝宠爱抵挡万般羞辱。百感交集，诗兴大发，不过此时已经学会保护自己，只在课余时间，只在江河湖畔，只在无人处，肆意狂写，写完即撕成碎片，统统撒入水中。这是 15 至 17 岁。

末代知青，集体住宿，四周全是监视之眼。只写宏大话语，类似"鸟不高飞啊，怎知蓝天之阔，人不远行啊，怎知世界之大。"这是 18 岁至 19 岁。

招生回城，就读冶金医专，学习卫生专业。"文革"结束，新时期文学春雷滚滚，写作灵感如火山爆发:诗歌、小说、散文、童话、神话、寓言，什么感觉来了就写什么。所有暗伤，都化作涓涓诗流，写满一个笔记本又一个笔记本。这是 20 岁至 23 岁。

为代表班级参加某个大型赛诗会。我在食堂，一边吃饭一边笔走龙蛇，写了一首《雷锋之歌》，由耿海倾同学，在武钢工人文化宫登台演出，该同学天生好嗓音，又在红小兵毛泽东思想宣传队演出多年，一番声情并茂朗诵，打动无数人心。一位文学杂志社编辑，恰巧在现场，恰巧被打动，因此我的诗歌顺利变成铅字，获得公开出版。从此，约稿从大江南北纷至沓来。由自己一首最浅薄最装腔作势的诗，我走进了写作生涯。这是 23 岁至 26 岁。

弃医从文，再度入学。于武汉大学学习汉语言文学。同时恋爱来临。恋爱带来茂盛诗句，也带来再度羞辱。诗稿本被偷走，被传阅，被羞辱。最糟糕是被法庭采用为判罪证据，友人被判有罪，银铛入狱。

某个黑夜，我第一次，烧毁诗稿，中断写诗。这是 26 岁至 28 岁，只写小说。

小说获得全国性反响，写诗欲望故态复萌，但绝对只是私下写写，绝对不公开发表。这是 29 岁至 30 岁。

第二次烧毁诗稿，在 16 年婚姻结束之后。

走出婚姻，个人空间日渐宽阔。靠文友极力怂恿，试着让私藏的诗歌面世。诗人海男对我鼓励最多，我在她的《大家》也就发表最多。但依旧杯弓蛇影，十分畏缩。这是 45 岁前后。

第三次大规模烧毁诗稿，大约是在五六年前。某个漆黑凌晨，忽地就害怕被人发现诗稿，忽地就觉得无地自容，忽地就认定所有诗句的最终意义是"无"。

2014 年 8 月至 11 月，我去了美国艾奥瓦大学国际协作计划。住在艾奥瓦河边，每天傍晚在明艳的秋色中慢跑，天空总是蓝得叫人想哭，云朵总是白得叫人想笑，空气新鲜得总是脑洞大开，诗如泉涌，总是。

临别与友人聚餐"水电站"餐馆，酒壮怂人胆：我得出版一本诗集。

2015 年，整理诗稿，约见陈垦。之所以选择陈垦的上海浦睿文化，一是信任他们的文学质地，二是信任他们的制作精美，三是要让自己受到一个认真负责出版合同的约束，以免一时冲动，再来一把火，销毁所有诗句。

暗暗，更有一种期待，那就是：诗集一旦出版，恐惧不治而愈。有生之年，不再屈服于羞辱，不再过度害怕他人，不再总是更多地感知生存的可憎。

平和降临，终于。

内心深处与多重视角

仿佛一个智力游戏，多年来，我会时常把玩，当然也会认真琢磨：汉语言文字究竟是一种怎样的文字？字与字之间采用怎样的结构，才能最贴切表达你要表达的表达？你要表达什么？你表达对象处于什么位置？你表达的对象，往往有多重位置，他们有"心"，还有"内心"，还有"内心深处"，等等。

早年学医时候，考试生理解剖，面对一颗福尔马林浸泡过的心脏标本，我能够顺利找到心室、心房、瓣膜以及主动脉主静脉，这是心。那么内心呢？内心深处呢？在哪里？我完全找不着。这颗标本心脏也曾经鲜活，也曾经与所有人的一样，还有内心与内心深处，如果说它们并不呈现在解剖图上，那么它们究竟藏在哪里呢？哦！它们藏在另外维度！它们藏在精神世界！藏在灵魂层面！或许，文学比医学更能够捕捉它们！这闪电般的联想，在那一瞬间，足以让当时的我，那个狂热文青，欣喜若狂并最终导致弃医从文。未曾料到的是：写作了几十年以后，却还在寻找内心深处的途中。一次又一次，还在攻克这个难关；

却也欣喜于有这么一个难关需要不断攻克。毕竟，一个人终其一生，玩不腻的游戏，实在不多。这个中篇小说《打造》，正是我再一次的寻找。

《打造》写当下一对年轻人。在他们的二胎受孕过程中，意外遭遇了生殖困境。年轻人心思浅，内心容易暴露出来，而他们的内心深处，却也是深藏不露的。往往，年轻人并不自知那种深藏不露，所以他们表面上十分无辜，装得天真无知，我必须深入天真无知去探求他们的内心深处。以及，潜入与他们息息相关的家族所有男女老少的内心深处。

在这里，男女双方两个家族所有男女老少，看起来都是家族繁衍的积极支持者，实质上却正是年轻人生殖困境的种种因素。于是，多重叙述视角来了。如果仅仅只是从这对年轻人的视角叙述，是无法深入每个人内心深处的。内心深处与一般心情一般常理一般常规，大相径庭。内心深处十分诡异，它在瞬间的决定，瞬间支配的举止行为，甚至令当事人自己都不敢相信。正是每一个人的内心深处都蜿蜒曲折，生活表面的交叉小径上，才呈现出一团乱麻的迷宫般困境。

同时还有非常重要的技术问题：这么一大堆乱七八糟的内心深处。如何结构汉语言文字，才够恰到好处呈现呢？长句？短句？长句只要含两个以上动词，翻译腔就很重了。那么短句吧，一个动词主宰一句，但又容易显得为短句而短句。尽量去掉虚词吧。虚词拖累语速，拖沓内容，文人腔调，不是我故事的人物所使用的语言。大肆砍掉"的地得"吧，哪怕看上去似乎出现了一些校对错误，但是《现汉》肯定不高兴，校对员现在被种种奇葩规定演变为文学文本的屠夫杀手。但是！语言这个工具，难道不就是在使用中不断变化的吗？难道中文的推陈出新不是作家的己任吗？难道出版方的所有人都忘记了老舍名言吗？那我再重复一遍吧，好让老舍名言在今天的时间里打个卡，老舍说："改我一字，男盗女娼。"

好吧好吧豁出去了。

爱是终身的事

在我的写作生涯里，最尴尬的，莫过于猝然遭遇集体笑，一种周围人十分默契，世人皆醒我独醉的笑，大家集体善意的笑，这种笑，即便我作为善于使用形容的作家，也形容不出来。只能实事求是客观描述：比如我有一个小说《有了快感你就喊》，一旦有人报出这个书名，周围人们便集体附和一笑，笑得暧昧且诡秘。最近湖南文艺出版社出版《走向世界丛书》，我这个小说在法国特别好，就以这个小说名做了小说集的书名。但是最后审查过不了，责编来电要求我换一个书名，我问为什么？为什么？责编万般无奈，说：你懂的！

可是我不懂！

有了快感你就喊，我承认，快感这个词，会出现在性生理活动中，但同时，更大量发生在普通日常生活的衣食住行中，发生在阅读或创造等艺术活动和精神生活中，发生医学治疗和研究领域，发生在体育运动以及各种赛事里。我小说本身，是描写一个备受现实生活打击和压抑的男人，最后准备离开妻子孩子远走高飞去遥远的外地投职。就在不远的前几年，小说的出版、转载、获奖、改编、国外翻译并出版，都十分顺利。可是不知道怎么回事？私下里一次次地，总会遭遇大家的集体笑。乃至几年后的现在，连做书名的资格都被上面否定了，可是它原本就是一个书名呢。老天爷，我茫然！

再说我新近出版的诗集，其中有一篇诗歌，题目是《爱是终身的事》。大家一听，叫好，喝彩，然后随便问一问：这诗是新写的吗？是的。哦人老心不老啊！大家就集体一笑，旋即扯开话题。显然大家之中还是有人，不忍当场看我一脸懵懂与万分尴尬。

爱是终身的事。我不知道大家是否究竟想看我写了什么内容吗？也不知道大家究竟在猜测我写的什么意思？因为文字已经诞生，它那样在着了，白纸黑字，还有难猜的吗？爱有很多种。爱有很宽。爱有很高。爱有很长。爱有很细。爱有很深。爱有很轻。爱有性爱。爱有情爱。爱有友爱。爱有痴爱。爱是一种信仰。爱是一种宗教。爱是一种爱好。爱还是一种处世哲学。更可以是一种人生哲学。因为与爱相对的是恨。如果说由爱支配的行为是天鹅绒，那么由恨支配的行为则是刀枪。不喜欢刀枪棍棒骂街吵架的人，一辈子就喜欢天鹅绒，这有什么错吗？这有什么不恰当吗？难道爱仅仅就只能是性爱？

人生除了阶段性生育，还要从事无数事，相处无数人，处理无数矛盾，面对无数不喜欢你、你也不喜欢的人，甚至敌人。人类亿万年了，太阳每天都升起，世上再无新鲜事，都是发生过的，都是行为模式。问题在于，行为模式受大脑支配的时候，你大脑里生存哲学是什么？这个是最最要紧的。我，一个两千五百年楚国的后代，只不过好希望历史可以重启，顿时展现和恢复锦衣玉食歌舞升平充满创造力的生活，好希望秦王并不是采取屠城的方式，让楚国人头滚滚血流成河，而是以更加文明开放宽容的姿态进行战后重建。大家开会、协商、哪怕吵架拍桌子扔鞋子吐口水，最后选择一种最适宜广大人民的方式：这就是爱。

在我活到今天为止的生涯里，受欺负、被羞辱、挨批斗、同学可以肆意泼我墨水；同时我也充满恨，学会打掉牙吞进肚里，忍受胯下之辱，出人头地，然后终于有一天，我发现，不可能有这么一天，你会再次出现在高中的教室，很牛逼地站在全班同学面前，或者全校学生集合，你在他们面前光鲜地放声大笑，可以笑出他们的灰溜溜来。同学早已经风流云散，杳无音信，以前在大街经常遇见的同学，有一天再也遇不到了，大家小巷都是新一辈人的同学了。恨却是可以郁积在心，生成疾病的。我二十出头动过一次大手术，割出来的肠道肿瘤，已经石化，且是红色。我知道那是由我的恨交织而成的血肉。因此我一辈子身体都强壮不起来。从无数次的恨里，我逐渐明白了我得放弃恨，选择爱。哪怕是出于最自私的目的：自救。也要选择爱的方式，来处理最棘手的问题。刀枪杀来，我用天鹅绒抵挡。咒骂掷来，我用天鹅绒抵挡。我不碰刀枪。我不启动互害模式。互相残杀的惨状与狼狈，几千年来，我看够了。遍体鳞伤的胜利者，终究是一身伤疤。秦皇汉武今何在，荒冢终究逝水流。我渴望的是在有生之年，在现实生活中，相逢一笑泯恩仇，终身彼此美如玉。

当然我知道，我这么做，别人不这么做。别人不仅不理解，还会破坏你攻击你侵占你掠夺你。斯时斯刻，我还可以用天鹅绒抵挡吗？就连我自己，能否言行一致？能否坚持到底？都是如此艰难。正因为如此，我才以诗言志，写了"爱是终身的事"，以自勉，以自律。

是的。爱是终身的事。这首诗献给我爱的人，也献给我恨的人，还献给所有读到它的任何人。哪怕没有一个人接受，爱也不会落空。毕竟爱，首先是我自己灵魂的需要，是为我自己渴望做人的需要。而这一切，上帝看着，我深信。

醉眼看花冷眼看楼

不止一次，法国人向我提问。问题是：《红楼梦》应该是神话小说，因为贾宝玉是石头变的，林黛玉是小草变的，原名《石头记》，不是吗？

我只能回答：是的。

但是！在中国国情和语境之下，《红楼梦》就不是神话小说了，是现实小说。《红楼梦》当然具有小说的虚构特质，而作者所作发出的"满纸荒唐言"，确系作者现实生活中的"一把辛酸泪"。只因中国历来的文字狱，作者不得不以似仙似鬼、装疯作痴的结构和曲笔，来保护自己书写的权利。尽管作者认为"都云作者痴，谁解其中味"。其实，纵观 200 多年来，中国读者对《红楼梦》始终不变的迷恋，不难证明，读者几乎个个都解其中味，都会在《红楼梦》中看到作者身影，也看到自己身影，还看到尽管是在清朝鼎盛时期的康乾盛世，社会生活与家族兴衰与个人命运，依然凸显的是人类悲剧，是一曲永恒的隐喻与警示：树倒猢狲散，白茫茫大地真干净。爱情总是甜蜜但悲剧。家庭总是热闹但孤寂。红颜总是漂亮但薄命。算计总是聪明但终会落空。情圣总是痴情但终会堪破红尘，到头来总不免要抛家别子遁入空门——或者尽管没出家但是心也出走了还是相当于抛家别子。家，在中国文字里的原本意，是有屋子有猪，是物质的、是一世俗结构。这与英语的结构有着极大的文化不同：英语是父亲 father，是母亲 mother，然后合二为一形成家庭 family，这个指向应该男女二人的共同使命了。

《红楼梦》写了 975 个人物，其中有姓有的为 732 人。从皇亲国戚、达官贵人、富商巨贾、佛僧道学到村姑戏子，所有人物，无不惟妙惟肖，细节真实，囊括社会与个人、肉体与灵魂的高度客观与无限意味，生老病死，惊心动魄。以至于 200 年来无数读者因为红楼的真实与知己，发生深刻共鸣，《红楼梦》便如此骨肉紧密地存在于中国人的现实生活之中。这就是为什么进入当代以来，《红楼梦》不仅有了更多的出版，还有了更多形式的改编，有电影、戏剧，电视剧、舞台剧、说书、绘本、连环画，等等。

作者曹雪芹，写于中国清朝的乾隆年间。迄今为止，足以作为历史作凭据，其来源脉络清晰的，有两个版本。

一个版本为庚辰本《石头记》，完整书名叫作《脂砚斋重评石头记》。是在 1932 年的年初，一位名叫徐星署的先生，在北京隆福寺书摊，以银洋八元，买得的手抄本旧书，书中署有"庚辰秋月定本"字样。庚辰是年历。中国除了与世界通用公元纪年之外，同时自有古老而玄秘的纪年历法，以六十花甲子为一轮，一轮 60 岁。这本在旧书摊淘得的手抄本石头记，所记录的"庚辰秋月"，推算过去，也就是中国清朝时代的乾隆二十五年的秋天，即公元 1760 年秋。由于曹雪芹的卒年有两种不同说法，现在我选择曹雪芹去世于 1763 年 2 月 12 日的这一种说法来进行判断，那么，这本庚辰本《石头记》，应该是在曹雪芹去世之前两年多的时间里，最后批阅增删的定稿本了。这个定稿本写到了第八十回，全书并没有写完。可惜书未成，人先死，曹雪芹贫病交加，无钱就医，偏又遭逢他的幼子夭折，事事皆令雪芹伤心欲绝。据说雪芹其时是泪尽而逝，十分悲凉。而且，偏偏曹雪芹又是死在中国最隆重的一个节日里：除夕。也就是大年三十。这一天家家户户亲人大团圆，热热闹闹围坐吃团年饭。曹雪芹死在这个时辰，则更是显得凄寒孤苦了。然而，尽管《石头记》尚未完稿，却早已经流传坊间，被文人君子热烈传阅与传抄，赢得许多读书人痴爱。而就这八十回的《石头记》，曹雪芹已经写作了十年，其间多次品评修改，多处点评竟用朱砂写就，在白纸黑字的页面上煞是惊心醒目，果然"字字看来皆是血，十年辛苦不寻常"。

另一个版本的出现，是在庚辰本的 31 年以后，清朝乾隆五十六年，即公元 1791 年。彼时的有一个出版家，名叫程伟光。他将另一作家高鹗续写的后四十回，吻合于曹雪芹的前八十回，合二为一，全书出版，书名变更为《红楼梦》，正式出版。

以上两个版本，应该就是流传了 200 多年直到今天，无数版本的摹本和依据。当然，在这两个版本之外，在 255 年乃至更长的时间里，《石头记》以及《红楼梦》一书，涌现出无数的坊间缮本、诸家秘稿、石印戚本、蒙古王府本，等等，卷帙浩繁，差错间隔，不一而足。从古至今的续写者，也不计其数。研读者与考证者人数之众，难以计数。以至于后来的文学理论上形成了"红学"一说。也由此产生了终身研究红学的专家，号称"红学家"。红学家之间又流派分歧，各执己见，见仁见智，纷争不休，各自著书立说。总而言之，我们姑且把这些文史与社会现象，都归结为中国读者对曹雪芹与《红楼梦》的喜爱和迷恋。在如此漫长的、持续的、狂热的喜爱迷恋之中，曹雪芹本人身世、经历、年龄，包括最基本的生日与卒年，都更加扑朔迷离，烟云模糊。

简而概之：这套 1981 年，由上海人民美术出版社出版的《红楼梦》连环画，又恰恰正是本人曾经拥有，但因借阅而散失，留下的一份遗憾。今有缘为本套连环画的法文译本写序，也是一种对我本人遗憾的弥补，自然十分陶然欣然。

最后要说明一下的是：中国小说来得很复杂。因为在中国，自古以来，祸从口出。说真话是容易招惹杀身之祸的。似《红楼梦》这部如此现实的小说，曹雪芹是以神话故事来写的：贾宝玉是一块石头转世下凡，林黛玉则是一株仙草转世下凡。就不足为怪，可以理解了。

根据众多考证，可以见得，《红楼梦》颇有曹雪芹个人生活经历的踪迹。可能正是因为亲历，为避讳，为禁忌，为慈悲，为逃避文字狱，或许为只有作者本人知道的原因，曹雪芹采取了亦真亦幻，假语村言的语言方式，充分利用了象形文字的暗示特点，把真话，非常婉转地告诉世人。而世人想要明白，得细读，还得读上不止一遍。于是连环画，就具有了它独特的优势：直观。为《红楼梦》这部浩繁曲折隐晦的小说，抽象出主要线索的视觉信息。而且中国清朝的服饰、建筑、器具、人物行动等等，被绘画展现出一望而知的中国美感。

我衷心期待法国读者能够喜欢这套《红楼梦》连环画。

又见《简·爱》

趣事多在平常中：这一次，英国企鹅公司在中国重新出版中译本《简·爱》，请我写个序。我以为，这不过就是我日常工作之一项。意外的是，当我安坐窗前，重新翻开《简·爱》，忽然一股波澜扑面，厚厚的小说，再也放不下来。一场郑重阅读发生了。看来，阅读是一种纷纭的季节，不按常理出牌，春天说到就到，斜刺里就冒出青青锐竹几枝，纵横都是思想的新意。

大约可以这么说吧，自从《简·爱》在 1936 年，由上海生活书店首次出版中译本，到 1952—1962 年的几次重版，然后与中国读者一起经历十年"文革"的禁读，然后 1980 年再次面世，英国女作家夏洛蒂的《简·爱》，蜿蜒曲折地存活于中国读者内心深处，成为一代代中国女孩永远的爱情经典。那些身体有一些病愁且有一些文青情调的；那些身世有一些孤单且又充满感性热望的；那些人格有一些清高且鄙视俗世的；那些才貌自视卓绝却命运多舛的，无有不读《简·爱》，一读，就把自己变成了简。不管眼下多么不顺利，反正最后总归会遇见真命天子罗切斯特，颇为励志。就这么读，也是一种好，青春读法，用粉色梦幻安慰灰色现实，每一天似乎过得快了许多。

《简·爱》读法，却还有成熟与深入的一种。那就是：不再有青春迷惘，不再误将中国当英国，不再把自己装成简，不再把男人装成罗切斯特。直接就当《简·爱》是一部小说。翻开书页，眼睛和心神都一一安放，一路跟着文字走，不慌不忙读下去。原来，《简·爱》是英国160多年前的现实社会。那个时代，正由维多利亚女王强有力执政。这位英国女豪杰，让资本主义突飞猛进，科学发明鬼斧神工，商业利润滚雪球般增长，社会各种细胞空前活跃，一部分人飞快赚到不可思议的巨额财富。审视与批判也接踵而来，马克思对所谓的曼彻斯特资本主义，发出了激烈的质问和抨击。他的《共产党宣言》像一个幽灵，开始在欧洲徘徊。一时间，社会各阶级的思想与行为，都异常尖锐、敏感，相互碰撞也各自自省。巨大的贫富差距使穷富矛盾日益尖锐，而不穷不富却又温文尔雅洁身自好的小资产阶级，自然成为社会的缓冲剂。小资既用温婉的人道主义精神消解暴力革命，又十分清高地以宗教信仰良心美德来鄙视大资，暴发户的利欲熏心贪得无厌，在坚守优雅的小资面前，总不免自惭形秽。庞大的小资阶层，成为资本主义爆发时期最可爱的人。于是，夏洛蒂，这个生于1816死于1855只活了39年的女作家，这个出身于小资家庭天生一副小资灵魂的文学才女，正可谓恰逢其时。她那躁动不安的青春，她那视金钱如粪土的孤傲，她那骨子里头的逞强与反叛，她那自尊自爱自恋与刻薄，都化身为小资女子简。又恰好呢，商业的发达与商业秩序的规范同时进步，英国的公共事业日益兴盛，言论、出版、求职、慈善甚至广告等等，都已经普惠于社会。很自然地，夏洛蒂得到了成全。小说——这种表达灵魂密语与人文关怀的文字艺术，得到了成全。《简·爱》得到了成全，一出版就轰动了英国。《简·爱》是小资奋斗史，同时也是大资发展史，是小资与大资的爱情颂歌。小资用勤劳消灭贫穷，用精致训导粗鄙，用心灵清流来洗涤暴发户的污泥浊水。简·爱告诉人们：社会发展与进步，对于个人命运来说，是何等重要。共同信仰与价值观，对于爱情来说，是何等重要。美好爱情，都须攀缘在这座坚固的藤架上，才能够不因物质的速朽导致爱情的速朽。只要心灵纯洁，爱情之树长青。仅凭爱情描写，《简·爱》已是有无穷魅力。更何况《简·爱》还具备了那种与读者娓娓交谈、贴心贴肺的叙事风格。大段大段的对白、倾诉与抒情，又给予我们久违的哲理的话剧似的高贵华丽。

今日的重读，照见了我从前的悲哀。我第一次阅读《简·爱》，读本是 1980 年上海译文出版社的。译文的前言，直接就把阶级斗争的观念塞给了我，让我一直误认为简是无产者。对不起，简不是无产者。简是小资好不好。那时候，年轻幼稚的我，还很不了解马克思、恩格斯晚年成了民主社会主义者，也无从得知恩格斯在 1895 年对马克思理论体系进行了最后的反思与修正，承认了《共产党宣言》宣扬暴力革命是一个迷误。所以我读不懂社会背景，只看到爱情故事，竟被引导出一个错误结论：只有最穷，才有最爱。真是无知无畏到恐怖！幸运的是今天，阅读已经变得不可囿禁，只要你愿意，你的阅读就可以追索，就可以扩展，就可以获得你想要的新知。

新知何其重要，它是人生与现世的新雨，会洗刷长年累月不知不觉的蒙面细尘，会让年轻时候的狭隘愚昧，得以理清与纠正。你视野的外延被无限延伸，你思维的维度被一再增加，你的本心，如果陷落在嘈杂焦虑混乱的世界，也会被你自己找到，并带回自己的灵魂之中——如果不是永远带回也会发生一次又一次的可喜回归。在当今，无论对于个体生命还是对于人类世界，智识是最为重要的。而阅读，是提高智识的一条佳径。仅仅多次阅读小说《简·爱》，你都可以清醒地意识到这一点。

比如水仙花

　　小说不好写。小说写好以后的创作谈，更不好写。世界这么大，群众这么多，生活这么广袤与葳蕤，独独采用小说这种虚构文体来表达，显然是有话不便直接说，只有虚构能解恨。

　　于是在写作中，把想说的不想说的、把想做的不敢做的、把可能的无可能的，全都藏进了虚构。却偏偏，有极其聪明的选刊编辑，事后约你写创作谈，他们分明是在深挖，小说艺术的实质部分，往往就被他们挖出来了不少，这很有趣，也很有意义，还有点可怕。我也时常会琢磨其他作家的创作谈，然后阴险笑笑：哇我明白了。

　　所以，轮到我写创作谈，我试图负隅顽抗，想把自己藏更深。

　　所以，我写《打造》创作谈，只用一个比喻来比喻：比如水仙花。

　　比如水仙花：首先我看到的不是花，是球茎。我选择了一只个头比较大的、通体比较饱满的球茎，颜色外观是深褐色，与未来花朵的娇艳颜色似乎没有丝毫联系。但，正是这样一只普通球茎，我精心雕琢了它。它被我赋予了尽可能多的花芽。我准备好了浅盆沙床，过滤好了洁净清水，调节好了环境温度，让花芽们个个生长。待到花开时刻，我就身不由己了，我不便再行雕琢了，我的笔触，得随着生活本身的客观规律而动了。所有的花芽，都得按它们自己的成长史走过来，长成一枝代表它自己的水仙花。一枝枝水仙花，肥也好、瘦也罢；壮也好、萎也罢，都是在球茎时期就被各自的基因所决定，都又逃不出它们的时代背景。就这样，我打造了一盆形态各异的水仙花，让花朵本身述说着它们各自的行为与态度，述说它们的希望、失望、绝望以及再一次死灰复燃的希望。

比喻到此结束，谢谢。

我想会不会有其他同行看到这里，阴险笑笑：哇我明白了。

其实傻吧，眼下还有多少人关心他人创作谈呢？其实我们能够明白什么呢？是我想多了。

千草千慈悲

大约外界不知，对于写作行当来说，为人作序，是全部写作中，最难一桩事。

何以难？难在你首先要懂它。要懂它，你首先要经过它。经历过了，了解到了，也未见得能够理解其中精髓。理解精髓不够，下笔浮皮潦草，人云亦云，难出精彩，愧对请你作序的人，也愧对作序的书。如果那天，不是本书的书名，名为《一花一世界》，五个字，一见之下，触动心念，这篇序，也就很难有了。

正如对武汉，这座城，要懂它，生活多久都不够。下笔写它，更是怎么写，都是皮毛。正如对人，共事几十年，相处一辈子，怎么了解，都还是外表。有时候以为是心，其实不是心。正如《金刚经》所言：过去之心不可得，现在之心不可得，未来之心不可得。

一切都靠惊醒。一切都靠慈悲。

当我翻阅了《一花一世界》。只见每页都有花草，每页都散发植物香氛，每页都能清晰见得养花植草人的一片痴爱。真是一翻惊喜，二翻感动，三翻则颇有共鸣了。

一股子慈悲之情，油然而生，扑面而来。

此前还真不知道，在武汉这座城里，这座正处于建设高峰而灰尘扑扑的大工地里，一直还活跃着如此许多热爱养花植草的家庭。这些家庭这些人，默默地、执迷地、辛勤地、近乎天真地，孕育着，培植着，守护着一缕缕绿色。便有一丝丝清香，从这座巨大城市的大街小巷各个角落散发出来，不绝如缕，尽管微弱，却生生不息。绿化、美化、彩化、香化着我们的生活，润物细无声。这真是功德无量！

说起来，大到一座城，小到一个人，都是生命。生命归根结底，想要繁荣昌盛，想要欣欣向荣，其生态语境，重要到怎么估价，都不过分。我所指的生态语境，本质就是植物，其他都是过眼云烟。花花草草是千万不可以小觑的：人类崛起之前，植物早就覆盖原野，否则人类根本无法存活，只因五谷果实都是植物，牲口畜牧全靠植物，优质空气氧分也靠植物。就连世上最古老的建筑金字塔，都无法与一朵蒲公英的生命力相提并论。人们普遍以为建筑水泥非常坚固，其实三十年就开始分解。就连钢筋水泥混凝土的分解期，也撑不过百年。而植物，而树木，而小草，而花朵，却可以自在自有到永远。所以就连观音菩萨手里，也总是会拈一支柳条的。所以一位当代智者在论及城市建设与大树关系的时候，他的一句话深深震撼我："绝对不可以砍大树，大树缺点再多，不如人缺点多。"

况且，一草一木都有情。只要你爱惜它，珍视它，更多地养护它、更多地感受它，你就会深深感受它们的回报：你会心情舒畅。你会身心健康。你会兰心蕙质。你会逐渐发现自己在变成一个好人——一个爱美的、爱好的人，一个开始意识到简单粗暴并非好事的人，这就是草木特有的慈悲。草木也会度人、化人和滋养人。

仅以这一点点管窥之见，呼应本书智慧的书名。

永远的浪漫

首先，让我们走得远远的。远远地，再回头，看一看，甚至都不用想，那千百年前的太阳，便又一次地升上了我们的天空。这的确是非常有意思的事情。我们每个人都只有一辈子，通过阅读，我们可以拥有几辈子。尤其像这本书，如此直观和真切，具有高度的触摸感和细腻的体味性，完全可以使阅读者就像活了一百岁乃至更高寿。

不知天远就不知地阔。不知山高就不知水低。不知他人的伟大就不知自己的渺小。不知社会历史的漫长就不知个体生命的短暂。这样的一些感受，不是我的独创，是通过这本书的写作对前人经验的再一次的领教。无数的前贤曾无数次地表达他们的生命体会，以期后人比他们生活得更好。毕竟生命比什么都重要。但是后人往往更多地对他们进行着单纯的艺术欣赏，或者把他们当作文艺理论和文学历史来研究。近代以来，中国人做学问，抽象成癖，高谈阔论，更在乎自己的声音是否响亮，很难于细微之处见精神。好管他人瓦上霜，不扫自家门前雪。使我们这些后来者，一出门便滑倒，与先哲前贤山高水远难得见面。朦胧的道理是知道的，精致的纹理是模糊的。这就需要我们付出惨重的人生代价，一天一天地过，一点一点地体验和辨析，逐渐逐渐才懂得一些事理。然而，年纪也就一年一年地大了起来。等到老了，什么都明白了，可是一切都来不及了。真是亏得慌！所以，趁我们还活着，那就活得更明白一点，更透彻一点，更纯粹一点，更轻松一点，更自然一点，更良善一点，更个性一点，更享受一点。

在这本书的写作过程中，我至少阅读了二十多本历史著作，翻阅了数不清的文史资料，端详了上千幅的老照片，前后几易其稿。我必须加倍认真。老武汉太值得写了！新中国成立以后的事情咱们暂且不说。从一九四九年往前推，中国的整个一部近代史，哪一个城市还比武汉市更风头更火热？哪一个城市比武汉更改革更开放，更革命更豪侠？又有哪一个城市的故事还比武汉市更惊险更有趣，更浪漫更跌宕？可以斗胆说一句，如果没有一九一一年十月十日晚上，那场冲动莽撞而又惊世骇俗的武昌起义，结束中国封建帝制的历史肯定就要改写了。中国男人们的辫子大约就会多拖几天了，女人们的小脚也会晚放几日了。

老照片一类的书，近年开始流行。但是，有的有照片没有评说的文字。有的有冗长的史料性的介绍，照片却又稀少和模糊。有的照片清晰文字也不错，遗憾的是东鳞西爪，不成系统。这本书就比较全面了，它会漂亮会好看。值得摆放在自家的书柜里，让子孙后代翻翻自己老祖宗的老谱。你还可以看看一个作家而不是史学家，对这些祖宗老谱恣意的评价和议论。你更可以与这些评价和议论争论一番——由此获得快感与知识，两全其美，岂不快哉。

汉口的天生丽质

　　一个人情感深处有无数情结。"谁不说俺家乡好"，正是万般情结之一。但是，当我对汉口进行审视和描述的时候，我很清楚我首先得超越个人小情怀。

　　超越个人小情怀，还须凭借我的城市阅历。今天的我，已经走过了世界上许多的城市。在这些形态各异、各有千秋的城市里，我亲睹了各具特色的繁华荣光或冷落清秋。在那些闪耀圣诞树和顶级品牌华彩的繁荣大街上，在那些覆盖着黑色油页岩的民居屋顶下，在那些呼吁与抗议此起彼伏的绿荫广场里，在小说、诗歌、话剧、芭蕾、影视、歌舞、绘画与行为艺术，那潮汐般每天都会上涨的嬉笑怒骂中，我真切地感受到了人类永不停息的诉求。几乎所有城市的人们，都在不懈地追求、向往、抗争、建设或者反对建设，都只为争取更优良的居住环境。汉口，我居住的城市，正如我的灵魂行囊，一直与我在路上，如影随形。就是这样，多少年来，汉口之城，被我一次次重新比较，一次次重新认识，一次次重新——爱上它。

凝视汉口，似乎必须，要借用准星般的纵横轴线。从历史的纵轴来看，汉口盘龙城遗址，就是三千五百多年前的人类聚居的明证。两千五百年前的春秋战国，楚国就是公认的楚翘。在八百多年里，楚国的社会建制文明程度之高；诗歌、音乐、舞蹈的艺术水平之精妙；建筑、耕种、手工艺之精湛，不仅在华夏列国遥遥领先，世界他国也都望尘莫及。直至清朝，张之洞总督湖广，在湖北大展宏图，扩展汉口城郭，至今犹存的张公堤，也是明证。清王朝和张之洞，自然不是心血来潮，正是汉口的文化积淀、经济实力与卓越的创新能力，足以担当在中国创建真正意义上的现代城市。

　　再从横轴线来看，一目了然：武汉是中国的中国，汉口是城市中的城市。缓缓扫视，东西南北，满目都是人。在这茫茫人海的中央，武汉无时无刻放射出人脉、人气和人缘，接纳着南来北往的人流，兼收并蓄着东南西北的特点。最重要的是，最适宜人类生存的两点要素：淡水与文化，对于武汉来说，是如此充沛。而汉口，又奇妙地拥有着一种神话般的魅力：月球引力造就了地球的些微南倾，长江江水因此会更激烈地冲刷南岸，容易形成陡峭岸壁；而位于北岸的汉口，则会缓缓析出优美的岸线。于是汉口城区，便天赐一道平缓从容的丝绸般的江滩。这是多么得天独厚的优雅气质，多么诗情画意的城市画卷，对于全世界所有爱美的人们，又有着多么致命的吸引力。汉口将带着这股美丽绝伦的魅惑，一路向上，向北，向北，缓缓地扩展，有着无限发展与繁荣的可能性。试想，世界上还有那个城市可以相提并论？没有。巨龙长江，唯此一条；妙曼汉口，唯此一城。

　　当然。我也必须黯然地承认，历史会开玩笑，造化会弄人，时运会不佳，正所谓繁华有时，清冷有时。曾几何时，汉口滞后了，糟蹋了，弄乱了。天生丽质，却粗头乱服，好比流落草莽的公主，时常蓬头垢脑，遭人讥笑奚落。不过我深信，或者说我愿意深信：天生丽质真的是难以自弃的。暂时的粗头乱服，不可能永远遮蔽国色天香。一个城市拥有漫长的前世今生，不单是存留于史书的一笔笔暂时的记载，更应该是这个城市的自然环境、血脉积淀、进化基因、脾气性格和积极力量。貌似现在已经醒来，貌似现在正在行动，发酵是无言的，信念是不死的，热爱是不朽的，这就是今天的汉口，我相信。

往日的好时光

今天在业主群里刷屏的，是一只小猫咪。小猫咪毛色搭配相当时尚：一身雪白，从眼眶开始往上，覆盖整个头顶的，是黢黑的黑色。乍一看，小猫咪俨然戴着一只棒球帽。我一见钟情，好生欢喜，立刻就叫它"棒球帽"了。棒球帽蹲坐在物业管理大厅的服务台上，双腿笔直且紧紧并拢，这是一只天生好素养的小猫咪。物业女生微信："三天了，这只小猫咪都在我们物业大厅流浪，超漂亮，哪位业主想要，可以收养哈。"我这颗心啦，居然不由自主怦怦直跳，第一时间就想下得楼去抱它回家。

第二时间来了：现在的我，还能够收养猫吗？猫仔一旦到家，我现在的简单生活马上就会变复杂很多：猫食、猫砂、猫窝、猫玩具；猫叫、猫闹、猫洗澡、猫还要打防疫针，等等。即便只是小猫咪，它的日常需求，也是不胜琐细的。我做不到了。我得上班。我得出差。我得出国。我平时的写作和阅读，得特别安静的家居环境。我得——别找借口了！其实猫还是猫，是我变了：现在我巴不得哪只猫能够收养我。

第三时间到来，理性占了上风。理性很快消灭了感性。为了避免眼馋和心酸，我果断删掉群里的微信。删掉了可爱的棒球帽。一个名字，诞生了三分钟，就归于寂灭。

我曾收养过流浪猫。十三年前。那时候我住独栋，屋大。尽管房子又土气又简陋，但有前庭后院，大门口还有宽宽的廊檐。有一天回家，被一只小猫咪跟踪了。从小区大门口一直跟到我家。我进院子门，它也跟进。我打开家门，它竟然懂事地止步于大门口，只是朝家里张望了一下，然后安分守己地蹲在门外。它怎么就知道我并不想让流浪猫进屋呢？小家伙太聪明了！这是一只丑猫咪，黑白杂色，瘦骨伶仃，患有严重眼疾。我立刻给它清洗眼屎，上红霉素眼膏。它对我完全信赖，百依百顺，因此也就顺利地，把我变成了它的家庭医生。它眼睛弄好了，吃饱喝足了，绕着我裤管亲昵撒娇，再一个趴，就趴在我脚边。这是一个多么奇特的姿势：它全身完全放松、呈扁平状，酷似一只丢在地上的布口袋。我惊奇地问它：喂喂，你怎么会像一只布袋呢？你简直太好玩了！它的嘴角两边往上翘翘，似乎在笑。我提起它的颈脖，它索性就装成一只布袋，没骨头没肉只有一张皮的那个样子，我提它在手，还可以任意摆动。我们全家乐得哈哈大笑。没有办法了，这就是缘分了。

我给它取名布袋，它也欣然接受。每每只轻唤一声布袋，它便应声而来。

从此，布袋结束了流浪猫的生活，正式住进我家廊檐并在我家养得膘肥体壮。布袋身残志坚，非常自觉地苦练捕猎本领。每天白天都在我家篱笆上站桩跳跃，在草丛中练习匍匐偷袭，在桂花树上练习上下爬树。夜晚也从不进屋睡觉，坚持野外生存，而且还兼任了狗狗的看家职责，把试图溜进我家的老鼠、蜈蚣、蜗牛、壁虎、蚂蚁以及所有爬虫，统统杀个片甲不留。常常，我清早起来打开大门，都要首先做好心理准备，因为大门口屋廊下，很可能又是布袋的杰作：血迹、羽毛、虫豸的残肢，我家简直就是一个胜利的战场。布袋身上还有许多神秘的东西，比如一个夜晚，我们睡觉之前，发现布袋一只前足肿得很厉害，差不多是另一只前足的两倍大。我们赶紧替它查找伤口，活动筋骨，结果什么都找不到，布袋也跟没事人一样，任我怎么捏拿，也根本没有疼痛的感觉或者中毒迹象。次日清晨，再看布袋，完全恢复，双足粗细大小一模一样，弄得我们简直不敢相信自己的眼睛。

就是这只神奇的布袋，虽然其貌不扬，眼睛残疾，却赢得众多公猫的积极追求。其中最雄壮最漂亮的一只虎皮斑纹公猫，无论白天夜晚，都紧紧追随在布袋身边。来年早春二月，布袋生了五只小猫咪，清一色都是它们父亲的虎皮斑纹，个个都似它们父亲那般虎头虎脑，双双都是明亮大眼睛。那一年恰好是虎年，我家草地上五虎闹春，蜜蜂在花间嗡嗡采蜜，廊檐下，舒适的高背藤椅，暖阳高照，布袋趴在人身边，人和猫都会懒懒打个盹，那是怎样的好时光啊。

时光一刻不肯停留，而且总是。

月有阴晴圆缺，人有悲欢离合，而且总是！

一晃就是现在了。布袋与她的虎子们，也早已风流云散，不知所终。其中我有多少伤心多少黯然，无以言表。现在我更多地蜗居在小工作室，习惯了生活的简单方便。居住于这种密集高楼的盒子间，就再也没有了那份收养动物的条件和心思，索性就只是冷心冷面罢了。只是像今天，偶有激情袭来，过后则不免更加惆怅。便去阳台上，凭栏远眺，怀念往日的好时光。是不是可以这么想想：既然今天有往日的好时光给你怀念，那么，说不定，今天也会是明天的好时光呢？很奢侈的想法，很贫瘠的现实。

夜雨埋愁别书房

古人有诗"清明时节雨纷纷",这半句流传至今,也算是关于节气的经典民谚了。"纷纷"的意思,一般也就是细雨如丝、润物无声的了。所以今年这个清明节午夜,暴雨陡起,吓醒我于噩梦,一时间人真傻了,不知这个世界又发生什么状况?

或许世界此刻无恙。或许灾祸正在酝酿。但,就以一我一世界而言,我的世界的确出了大事故:书房漏雨了。这一次不再是一般渗漏,是书房墙体开裂,裂缝延及屋顶,暴雨从屋顶灌下,直接就是高山流水。我这栋所谓的别墅,典型是经济活动爆发时代的花哨产物,只是名字很豪华、外形呈独栋状,实质就是一栋毫无设计可言的简陋民房,墙体菲薄,粗制滥造,加上屋顶自从安装了太阳能热水器,雨水就顺着进户管道不断渗漏,怎么都修不好,书房天花板已然渗漏多年。此一刻,整面墙的书柜倾斜,上下几十扇柜门嘎嘎作响龇牙咧嘴,好像几千册书籍都在喊疼。我的应激反应上来了,顿时楼上楼下奔波,做到了以平时的体力根本做不到的抗洪救灾壮举。直至暴雨偃旗息鼓,室内雨滴渐渐稀落，人却再难入睡，听着错落的叮咚声，感怀雅旧，恍若隔生。这总面积超过130平方米的书房与几千册藏书，曾是我人生的美梦成真，曾是我的自豪与炫耀，曾请友人前来，只听得友人艳羡又嫉妒的一声轻叹："啊！"我便一股股甜蜜涌上心头。

年轻时我曾有梦，其中最执着的一个梦就是：我要有一间自己的书房！

17岁我离家远行，身无分文，前途渺茫，网兜里一只洗脸盆和洗漱用具，挎包里却很富有地装了好几本书，其中宋词是我用唯一值钱的毛衣换来的，唐诗三百首是我整个高中期间的早餐费。普希金诗集，是我用医院病历纸一字一句抄录的手抄本。我暗暗发誓：一定要为我的这些来之不易的宝贝，获得一间书房。"坐拥书城"是我对我家最美形象的定位。十七八岁，胆子就是那么大，目光就是那么窄，脑子就是那么乱，美梦的拼图，不是来自独立思考，而是来自文人癖好。追求开始了，一个埋头奋斗，就是30多年。书房越换越大，书柜越来越多，直至2003年年底，这带了前后大阳台的两间大书房，终于落成。终于，人生有了那么一天：在书房闲翻，在阳台捧读，一边吃茶，一边熏香，书香更与沉香相得益彰。更不能免俗的是，我在书房拍了作照片，以书柜为背景托腮思考照，捧读线装书籍文化品位照。这些事后叫人脸红的俗事，关键不在于当时我有多么俗，而在于它们会催生了我更大的俗，我的梦想愈发膨胀：书房是否要更大？是否得变成书阁或者书楼？藏书量是否得过万？善本孤本是否得弄几本？得陈设画案还有摆上砚台毛笔文房四宝，得习字诵经了，得题匾绣名了。

而被我罔顾的事实是：书籍日渐腐朽，灰尘日益覆盖，书虫时刻啮噬。春季受潮，伏天要晒书，秋冬季又得防干裂，春季到来立刻开始防潮防虫，樟脑丸总是批发式购买。且不说一年四季的大量时间和精力陷于维护书籍，最可怕的是书的品质每况愈下：大开本，豪华装，内容贫乏，抄袭成风，腰封广告充满雷语，心灵鸡汤大肆流行，翻译小说大都速成，不堪卒读。据说现在的译者都是团队了，教授领衔，学生分段翻译，以最短时间抢译出来，捏合一起就出书。这些完全失去收藏价值的书，它们大量地不断地涌进我的书房，还得要我料理和伺候它们。

直到 2009 年住校香港大学，认识上发生一个巨大的质变。因为发现一些老教授的藏书，收藏着收藏着，家里装不下了。教授们合伙租用了山洞仓库，暂时存放藏书籍，其间还得请人定期护理。即便是捐赠图书馆，也还得慢慢排队，毕竟图书馆空间也有限。忽然，我明白了一个最简单的道理：别说图书馆了，就是地球，也只有一个。个人的藏书量越大，去向问题就越严峻。一个最简单的道理，也就分明摆在我眼前：当空间无法改变，思维必须改变。现在社会已经进入高科技时代，别说我这几千册书籍，再多书籍，也就是一枚小小芯片。千军万马的阵容，只是看起来威武，却敌不过一颗精确制导导弹。顿时为自己腐儒的藏书梦羞愧起来，马上知难而退。从香港回来，我淘汰了一批书籍，把藏书控制到史上最严，东施效颦的动作，我再也不做了。

然而，我开始想念图书馆。那是因为，书到用时方恨少。

港大教授们主要使用图书馆。港大图书馆令我耳目一新，图书馆不仅藏书海量，阅读设施也一应俱全，网速极快，电脑机器们随时提供使用，你需要的资料都可以下载、发送、扫描、复印。办证超级简便，你只站立一下，过一个面部扫描，证件立等可取。

及至 2014 年在美国 IOWA 大学国际写作中心住校写作三个月，完全就被图书馆震撼了。图书馆不仅数量多到几乎都可以步行到达，还方便到让你的借阅足够简便快乐。比如图书馆大门的门柱，设计了一个有盖的漏斗，把还书变得轻而易举，任何时候你都可以还书，你都不必进入图书馆里面，只要你在大门门柱那儿把书往漏斗里头一放，成了，书籍就被归还了。图书馆所有设备都是为着读者的方便而设计，更有趣的是，居然还有饮食小吃部，打破了世界上所有大学图书馆不得一边看书一边吃喝的陈规，一般图书馆谁都怕弄脏了书，还有清洁卫生方面的问题。IOWA 大学图书馆用层层门卡都安装消毒喷手液的自动装置，解除了后顾之忧。而且图书馆的咖啡汉堡便宜到你不用考虑钱，也就是零钱都可以买到，再也不会让你无须忍饥挨饿地阅读。尤其是自动售卖机，饮水卫生间，处处都有。空气清新系统不断为你输送新风，除了阅读还有视听设备，最关键是一切，统统，免费。我当时的心情，只有用"哦 MGD！"来表达。假如我身边有这样的图书馆，我改掉藏书的癖好，一定是十分容易的事了。

尽管这种现代化图书馆，对于我还是一个遥远的理想。我心里还是已经明白：藏书这一桩雅事，早在我开始藏书的时候，其实就已经是一桩难事。世事变迁，游戏改辙，只有我这里，美梦破碎，屋漏更寒，这个清明节，注定我要哀悼自己书房了。自古腐儒塞天地，人不明达即顽石。原来我正是顽石一枚。如果 17 岁就是一个明达的，就不会有后来几十年的徒劳辛苦。书房面积再大，还大得过人的心房？！

从前没有人教导我。

从前也没有机会去香港大学和美国 IOWA 大学的图书馆。

唉——从前。

现在流行简单粗暴

头发真是三千烦恼丝：没有，很烦恼。有，也很烦恼。拥有一头好发，很难免自恋。人一旦自恋，很难免执念。执念一旦生出，心智很容易迷糊。迷糊了就容易是非不辨黑白不分。就会更加认可那些名叫美发美容工作室、臻美堂之类的理发店。

多年的教训也让人分明知道，这一类店名，主要代表高价格。但人就像中邪，在前一家"天堂人间"突然关门卷款跑路之后，细心寻找的下一家，还是叫作"人间天堂"。你还自以为很警惕，也自以为经验丰富，进店并不急于理发，提出先与发型师沟通。店长赶过来，推荐最高级别的首席。首席登场，不同凡响，发型摩登，异服奇装，围绕你端详，小指头弯弯，拨弄你发梢，点点头，蛮有把握了。洗头工立刻带你洗头。洗罢送你进入贵宾间。首席理发完毕，忍不住自夸："你看你看，多漂亮发型！我就是和别人不一样嘛！你简直可以直接坐在巴黎最繁华大街上喝咖啡了！"这种肉酸的话，只因是自己头发，就是不觉得肉酸，还跟着飘飘然。最后付费，一个简单的算术题，就像饿狼一般在这里守株待兔：除了烫发精肯定是用的是最好最贵的以外，首席发型师价格 368 元，如充值办卡，立刻尊享会员待遇，只付 220 元；而你充值越多，优惠也越高；充值过万元，立刻大打折：只付 110 元了。事实就是这么简单粗暴。你必须首先交出钱来。你必须选择。你别无选择。加入你不愿意选择，顿时巴黎不见了，发型师不见了，店长不见了，只有前台一张涂脂抹粉模式化面孔，反复洗你脑："钱还是你的！都是你的！只是存放在卡上而已！放在卡上你其实赚了！头发总是要不断打理是不是？你头发这么好，值得更好的呵护是不是？"

然后沉吟再沉吟，其实沉吟是无用的。遂咬牙，充值，办卡。几天以后，你慢慢冷静，发现你的发型，还是从前那个老土发型。再几个月过去，忽然理发店的卷闸门落下，又是"本店装修 敬请期待"。又是为会员卡退款开始烦心的漫长的扯皮。扯皮尚没结束，头发又长了。发誓要更细心找一个更好理发店。再一脚踏进店门，再一场悲剧重演。直至我遇上发子。发子一语点醒梦中人。

男孩发子，洗头工，艺名杰克。替我洗头，第一次是随机偶遇，此后是专属。我只要杰克洗头。他再忙，我也等。烫发上卷发器，我也只要杰克做。每次我都要衷心说出谢谢你。因为杰克热爱理发这个专业，眼睛发亮盯着发型师瞟学，洗头手指有劲道，用力到位，卷发器上得一丝不苟，又少言寡语，并不开口就推销洗发水，坦承店里洗发水是桶装大路货，建议我带自己洗发水来。惊喜！在我的理发史上，这是一个绝无仅有惊喜。这样子杰克就和我熟了，小声告诉我："我叫发子。发财的发，儿子的子。我连 ABC 都不懂，不想叫什么杰克，英文名是店长给取的。"

我说："好的发子。"

如果世上有缘分这一说，这是不是也算一种小小的缘分：彼此有说几句真话的意愿。

有一天，在大街的三角岛等红灯，我和发子碰到了。那天发子很快活。说他要去学发型师了，三个月回来，就不再是洗头工了，收入顿时就上一档次了。我恭喜了他。

但是，只要三个月就能够学到手艺么？

发子说："么样？三个月还不够？学徒三年？我的天，我都已经饿死了！"

发子笑指大街，说："这满大街的东西，学什么需要三年的？哪有那么麻烦！哪有那么多时间？赚钱就是要手快！就是要趁早！就是要心狠！这不是我说的啊，这就是现在规律，都懂的。姐姐你呀我看你倒是要多加小心，只要有人耐心和你瞎掰，那都是要掏你口袋的。人家都是装、是演，转身就笑你傻逼。结果呢，该是地沟油还是，该是啥发型还是。什么首席呀巴黎呀，等我回来，给你剪头，包你满意，咱绝对不用花言巧语骗钱，咱凭手艺，咱就是天才的理发小子，呵呵！姐姐你可看清楚了，这满大街流行的就是简单粗暴。现在都是简单粗暴了，没有例外。"

绿灯亮了。发子走了。我呆若木鸡。顿悟让我看见了自己的种种迷误。三个月以后发子没有回来。三年后，发子还是没有回来。我再三打听，店里小伙伴都只说："得病死了。"这回答真是简单粗暴。什么病？不知道。还是简单粗暴。

一个深夜，我来到大街的三角岛，把一束在江边采的野花，系在围栏上，悼念发子。一条生龙活虎的年轻生命，说没就没，店里小伙伴都懒得知道详情，现在真的，是太简单粗暴了。协警跑过来，干什么干什么？我告诉他这是为了寄托哀思。他好像没有听懂我的话，一脸麻木阴冷，只管狐疑地盯着我。等我人一离开，他立刻就扯下花束，丢进垃圾桶。就是这么简单粗暴，现在人心都不像是肉长的了。

远方没你会更好

收到一份快递，月饼，哦中秋节到了。哦里面还躺着一张信笺。啊啊信笺！赶紧手指展开，心里居然抖抖，同时涌出一股歉疚，歉疚自己多少年没有亲笔写信了，对于这个人世间，我早已无信——既不再收到也不再写——那种我们曾经称之为信的东西：有点私人、有点文艺、有一份微妙与亲密是连面对面都无法传达的彼此懂。

而今天，我居然收到了一封来信：有抬头称呼，有结尾落款，内容微妙又亲密，钢笔手写，纯蓝墨水，初秋时节，迎风而立，微凉中展读友人来信，纵然真的我已经是个淡漠成性的人，也还是被激起火样热情。因此这一天我的日子充满喜色，慈祥到看什么都不挑剔。在物质主义泛滥的当今，居然有这么一种偶尔，一张薄薄信纸，很魔术地制造了难得的心平气和。就这样，今年我的中秋节假日以及稍后的十一假日，便拥有了一个风轻云淡的愉快开头。

感谢上帝！ 今天这个愉快开头，不仅是良好的，还极具启智性。

让我蒙昧的双眼，看到了扎扎实实的社会意义，由于我的个人愉快不会妨碍任何他人，所以显得非常知趣和比较公益：对交通堵塞、大街拥挤、制造公园垃圾和花草践踏，对城市噪声声浪降低，对降低灰霾与平复扬尘，均有百利而无一害。

其实小友并不远，就在本市，江的对岸，如果现在还是从前的秋高气爽碧水蓝天，咱俩就看得见对方的高楼。约个咖啡约个茶叙，约个饭局约个出游，是很简单的事。但是小友选择了写信，我选择了读信并选择了持久感动。我们懂我们的不约。且不说现在茶叙饭局烦乱无聊，到处高分贝乱噪，手机更是霸道喧宾夺主忍不住拍照或刷微。而一起出游度假，无论是跟团，还是自驾，恕我把它称为灾难或者自杀。自驾至少要备足瓶装水、手纸卷纸消毒湿巾、尿不湿和止泻药，要对高速公路塞车和风景区泊车以及惊天高价以及沿路的吃不饱睡不好洗不了澡，拥有超过白痴的心理承受能力。跟团亦然。虽然没有了照料私车的烦恼，同时也失去了私车所拥有的个人空间。这可是整个旅程唯一一点私人空间，不然你就必须每时每刻与他人摩肩接踵。摩肩接踵的难受除了被动呼吸他人的烟臭屁臭汗臭狐臭之外，你能够看到的风景，永远只是他人的后脑勺。最近有一个杭州游客在黄山景区的现场视频，如果微电影也分级，堪称恐怖片。密麻麻黑压压的人群，铺天盖地倾巢而出，瞬间吞噬整个景区，黄山只剩下少数顶峰，直指苍天，渴望拯救，而山的下半身没了，全趴满了蠕动的人。当然更不用奢望旅游进餐的食品安全与价格公道了。如今旅游业，借用文化乔装打扮涂脂抹粉大肆忽悠，其根本是商业利润变异出来的一个吸金怪兽，诱导人群蜂拥而至，所到之处秀美河山飞快变成水泥广场游乐场索道酒店饭馆公路马路，而假冒伪劣作坊也飞快制造旅客衣食住行的必需品，病从口入的癌症或许从这里埋下伏笔，当然医院会很高兴。这就是现在的中国式旅游，这就是传说中的远方，这就是惬意的说走就走。走到哪里，破坏到哪里，践踏到哪里。

嘿，远方没你会更好，朋友你说是吗？这个中秋节，咱哪里都不去。就在家里，喝喝茶，品品酒，听听歌，看看月，翻翻书，静静伏案，慢慢写字，悠悠感怀，反复读信，深深祝福，我亲爱的朋友，愿世上所有美好都是你的。

北京的蚊子血

北京初夏的夜，比武汉凉爽得多，温度其实差不多，主要北京干，所以爽。武汉潮湿带来的闷热，唯有用阿Q精神才够抵挡。我其实也就是一个女阿Q了。数年如一日地，我只看潮湿闷热的优势，这就是：特别润肤。润肤肯定是要付出代价的。不过话虽这么说，近日赴京参加中国作协会议，还是非常享受北京夏夜的凉爽。

享受大约是一种需要非常警惕的个人状态，稍微放纵，便滑到反面。一连两个夜晚，我都不开空调只开窗，于十楼窗边，深夜看书，凉风拂面，北京真好。于是第三个夜，索性把窗推开到最大，结果，悲剧了。我原本特会睡觉，猪睡类型，躺下关灯，即刻入睡。突然，耳边一阵嗡嗡，蚊子来袭！我立刻惊醒，翻身坐起，打开灯，找蚊子。同时十分后悔自己沉溺于享受，忽略了北京也是有蚊子的。武汉自然有蚊子，亚热带，水多蚊多，从小就被咬得浑身起疱，皮肤抓痒抓得稀烂，那都算小意思，被咬得生病打摆子，何止一次两次。炎夏课堂上，骤然寒冷入骨，瑟瑟发抖面如死灰，老师一看就知道是疟疾发作，就讲：赶紧背书包回家盖棉被。可是行到路边，两腿发抖再也走不动，只得蹲在道旁抱着肩，牙齿直打磕，得熬到恶寒过去发起高烧，才得踉踉跄跄家去。一场摆子要打好多天，又难断根，时常复发，打得人死去活来痛不欲生。长大后学医，专业恰巧是流行病防治，才知道原来小小蚊子，却是地球头号杀人凶手，被它杀死的死亡总人数，远远超过人类战争死亡总人数，每年都会致使几亿人患疟疾，近百万人因病死亡，经济损失一直持续增长，估计现在都上百亿美元了。厌恶上升到仇恨，个人私怨上升到家国情怀，当时作为一个年轻气盛的流行病医生，曾经发出狠话：一定要消灭疟疾！我没敢说消灭蚊子。蚊子实在太强大了。因此对于武汉蚊子，我从来都不会小觑和大意。任我睡得再熟，只要蚊子飞来，哪怕只是它那微小的翅翼，扇过我的皮肤，我皮肤汗毛都会即刻竖起，立刻把敌情传输大脑神经节，双手迅疾做出扑打动作。作为长江流域的子孙后代，世代祖先都生息于由重庆到上海这一条水系，大概基因早已写进蚊子的伤害，所以我天生武功甚好，不仅可以单手抓飞蚊，还可以黑暗中盲抓。万万想不到的是，北京蚊子太聪明了！我灯一开，它就躲了，满屋子都找不到。灯一关，佯装睡觉，我以为它会来，可是北京蚊子，它偏不来！它看穿了我的伎俩。它耐心等待我真睡。它深谙人类睡眠生物钟力量的难以抗拒。我坚持了十分钟，二十分钟，三十分钟以后，我就熬不过瞌睡了。好吧，这个时刻，它出动了！小旋风战斗机一般，不停地飞来飞去，我一再惊魂，心烦意乱。开灯，关灯。开灯，关灯。并不漫长的夜，却是一场漫长的游击战，耗得我精疲力竭。最后我想了一个自以为绝妙的战术：大开空调。低到室温19℃，就算冻不死蚊子，也应该解除了它的攻击能力，至少当年大学的《流行病学》是这样讲的。我自己则把被子裹紧，床罩枕头都堆上保暖。然而！

然而翌日起床，镜子面前一站，上帝啊，我的脸，几乎变成畸形，鼓着三个极为坚挺的红肿的大毒疱，并且开始奇痒，并且又一连几个大喷嚏，看来蚊子没有冻死，我自己倒是冻感冒了。强烈复仇愿望唤醒了我流行病医生职业捕手的本领，我屏息嗅闻，循着一丝若有若无的血腥气，很快找到了蚊子。它在床边地毯上，因吸血过量腹胀如鼓而行动迟缓。我毫不犹豫就拍死了它。鲜血溅出，染红地毯，清晨明亮阳光下，竟如此触目惊心。我使劲擦地毯，但北京国务院二招的地毯上，还是留下了我流在北京的血。面对血的教训，多条记忆突然复苏：近年的夏季，我已有多次在空调房间被蚊子叮咬！现在的蚊子，已经很适应并似乎很喜欢空调的温度！现在的蚊子，冬季都叮咬过我的脸！现在的蚊子啊，已经与时俱进，非常强大，知道么？我是知道的！我想了半天也想不通自己，作为人类，为什么总是记不住血的教训?!

广场恨

时间会把爱变成恨，也会把恨变成爱，就看你怎么做。

在广场的时间之初，我爱过它。小时候唱过一首歌：我爱北京天安门。于是青春期亢奋的心愿里，天安门广场是首选的必游之处。后来终于去了并在天安门留影纪念。一转眼，现在，神州大地，到处都是广场了。不仅北上广深，也不仅二线城市，只看三线城市乃至乡镇，那广场，气派得一塌糊涂。政府大楼前面，广场，阔大，气派，大理石铺地，还铺出图案花样来；公园——且慢，这里所说公园，概念已经完全超出公共花园的概念，也是占地面积巨大，大理石或其他什么石头铺地，粗大图腾柱，雕刻着本城精神的宣传口号，或城市形象代言人，或吉祥物，再加上人工的亭台楼阁、小桥流水、花草树木，且树木都是移栽，树龄一致得惊人，恍惚间觉得是假树。且慢，还真有假树。由于广场巨大，觉得大树才够气派和匹配，也够领导视察的时候，一眼就有好印象，现在广场上，周边，以及通向广场的大马路两边，不少都是假树。现在经常被广场害得很惨：全国几乎所有机场火车站，无不广场巨大，似乎它们之所以巨大，就是为了难倒旅客。让你不方便，让你受苦受难印象深刻。还有那些号称服务机构的市民中心，办证大楼等等，十有八九都是大广场，广场和楼宇都太大了，不得不分成 ABCE 多块广场，步行的人，经常有走进广场之迷宫感。我问过人路，人也问过我路。特别是中老年人，问的时候都带哭腔了，已经累坏了。出差不出差，随便都能够感受到，神州大地日新月异变成了广场大地。有时候走着走着，由内心的另一只耳朵传从前的歌声：蓝蓝的天上白云飘，白云下面马儿跑——泪水忽地就涌出来了。现在我已经恨死广场了。尤其这种大广场思维方式，还带坏了老百姓，自己家门口，好不容易有一点地面，无论栽花养草还是种树都好，都懒得了，直接仿效广场，砍掉房前屋后花草树木，浇灌水泥地面，然后摆张桌子，打麻将，直接磕烟灰地上，直接吐瓜子壳地上，直接吐痰地上，水泥地面的优越性就体现出来了：方便扫地。而空旷又占地面积巨大的广场，下午下班以后，实在诱人：广场舞就来了。广场舞不用多说了，我写过的。无论从哪一方面说，它都是一个可怕的东西。无论是横向比较五大洲四大洋的人民，还是纵向比较中华民族上下五千年的人民。哪有广场舞?!

我并没有糊涂到把城市当作草原。别和我争论说中国人口众多城市太大。正是因为人口太多，才应该留下更多土地资源。正因为城市太大，更应该让市民生活方便。我去过纽约中央公园了。我去过伦敦海德公园了。我去过巴黎卢森堡公园了。所有大公园，首先就是有着大静谧。我也去过香港最小的街头公园，虽小却好，也静静的，有真实的大树和小树。香港也是中国人，却绝对没有广场舞。香港人酷爱安静到连公园喧哗的声音都有法律规定，到处挂牌子：请注意降低声浪。

而发出噪声的，将会受到检控。这些真正达标的国际大都市，人口数量和游客量，都远远超过我们，但是这些个巨大无比的公园，都是真实森林，都没有光秃秃巨大的大理石广场，而且纽约中央公园，当年还是以为诗人提出的建议，当时纽约正在高速发展，摩天大楼正在非快速兴起，这个时候政府居然没有认为诗人太感性化，而是给予论证并积极采纳，使得寸土寸金的纽约市中心，有了一个巨大的都市绿肺，现在每天，都有十几万的市民与游客徜徉其中。就连公园附近，举世闻名的大都会博物馆，门前也没有大广场，人们下了地铁公汽，分秒钟就走到，上台阶，就进大门，大广场都节约给了公园绿地。

土地资源的珍稀，是不用说的了，用一块少一块。土地是生命源泉与摇篮，也是不用说的了。人人都知道，满腹大道理。别人家的例子，也举不胜举。轮到自己，不知道为什么，就是要可劲儿糟蹋土地，可劲儿修大广场。我除了恨广场，都没有力气再说什么了。欲哭无泪了。

2019 年 5 月

河水九名

美不难得。好也不难得。美与好的合璧——美好，只两个字，却是极其难得。任何事情，都是这样。

比如，今年这一届世界杯足球赛，季节好，不冷，也不热。这么好的气候，这么美的赛事，便组合成为一个美好。事物一旦美好，就让人无法拒绝它的诱惑，只得放下手中事情，日夜去看球。忽然有一天，奇迹发生了：我发现自己身轻如燕，灵巧地穿插在绿茵场上，身边皆是如狼似虎的足球队员，我却仿佛进入无人之境，一直把球带到禁区，连停球的动作都不需要，便可以出神入化地顺势起脚，将一粒足球霹雳闪电地射入网窝。就在这一刻，美好季节里美好的赛事，因为有了我自己的亲身参与，真正完满的美好，真正属于自己的美好，真正亲切的美好，降临我的身心。进球的一刹那，我心沸腾，充满难以言喻的狂喜和甜蜜。也就是在这最美好的一刹那，我随后就惊醒了，原来这是一个梦！

不过，梦中的获得，在人惊醒之后，并未走远和消逝，狂喜和甜蜜的感觉，甚至从舌尖都可以细细品味出来。当然，渐渐地，清醒了的自己，会觉出自己的十分可笑来。因为自己根本没有踢球的能力，也根本没有踢球的经历，还丝毫没有任何体育运动的兴趣。我仅仅只是体育运动的一个观赏者。在现实生活中，我只能获得观赏的美好，而无法拥有更深层次的美好。然而，人生有梦，感谢上帝！人生有一半时间是睡眠，那么睡眠总归可以有梦。于是，许多我们在现实生活当中无法得到的美好，都有可能在睡梦中获得。尽管就那么一刹那的时间，我们的心，却依然发生了真实的激动和甜蜜。

这是说的梦了。

这是乐观的说梦。其实，再乐观的梦也还是含着几许清凄。因为再好的美梦，都是海市蜃楼，总归是一种可望而不可即的虚幻。梦过了，也就过去了，一切都当不得真的。人的一生，该有多少美梦呢？所有的美梦，有哪一个可以留住呢？几乎都如花开花谢，不管春夏秋冬，梦醒便是凋零。

却唯独有一个梦，它凋零又不凋零，它飘散又不飘散。仿佛两栖动物，在我们的梦幻与现实中，都栖息，都开花，既欢喜又悲壮，那就是关于房屋的梦了。

关于房屋的梦，就是这样执着。它不是踢足球的梦，惊醒了便可以一笑了之。在这里，人虽惊醒，它却愈加清晰，一次又一次的梦，便会构成一个现实的动力和理想，鼓励我们为这个理想去苦苦奋斗。原来，关于房屋的梦，它不仅仅是我们的，还是我们祖先的，它一直蛰伏在所有梦幻的最深处，厚厚地沉淀在那里，一辈一辈的人，由血液遗传，生根开花。

正是这样，所以我的房之梦，也是一个源远流长的梦。在我生命过程中，梦也在逐渐成长。于是我便一直梦幻着，理想着，渴望着，认识着，敏感着。半辈子的人了，搬家的经历，也有八次之多了。时至今日，我却依然深深陷落在房的梦中，只要看见房屋，心就不能不动。却原来，美好物事也不都是球入网窝一般直接与简明，房之梦是分着层面的，又还是分着厚薄的，更还是复杂多变的。房屋，还不仅仅是一个现实的居住，更是一个权利的意识。我们的个体生命，从诞生开始，在这个世界上，是应该拥有立锥之地的。这首先关乎个人的尊严和体面，是一个人的最基本权利。就像一个国家一样，个人也必须有领土和疆界。只有拥有了属于自己的领地，才可能有安全的繁衍、发展、满足和幸福。世世代代的人，也就是为这个梦所支配的：劳动，挣钱，盖房子，娶媳妇，生儿育女；再劳动，再挣钱，再盖房子，再娶媳妇，再生儿育女。如此，循环往复，生生不息，形成人类这个庞大的世界。房之梦，真的是一个历史的梦，一个庄严的梦，一个沉重的梦，一个悲壮的梦，一个深奥的梦，一个奢侈的梦，一个会生长的梦，一个太难以满足和完善的梦，一个最最不容易彻底醒来的梦！

有一则古典说，黄河之水，一年之中，以不同的状态，可以有九种不同的名字。谓之凌解水、桃花水、麦黄水、瓜蔓水、矾山水、荻苗水、登高水、复糟水、蹙凌水。我的房之梦，正如河水九名一般。它在我不同的人生季节，它在我不同季节的经历之中，在我与房屋的邂逅，了解，亲近与认识之中，又变成了内容不同的梦，以至于我千百次地想要醒来，却还是千百次地无法醒来。

老屋阴影

　　1957年的早春，有一场鹅毛大雪。在这场鹅毛大雪中，作为新生婴儿的我，被送进了外祖父的老屋。

　　除了出生的医院之外，这栋老屋，便是我人生的第一次居住。

　　老屋是一所中式大屋。我到来的时候，它已饱经沧桑。月光披上屋瓦的时候，屋瓦幽幽地发青，这是青苔与瓦松，是岁月风尘。这栋老屋是我曾外公购买的。购买的当时，自然富丽堂皇。是两进的大屋，上有阁楼，下有架空层。楼上楼下皆是厚厚的杉木地板。坡屋顶，屋脊高耸，配有吻兽雕饰。屋顶铺瓦，是黑色的布瓦相间琉璃瓦。屋脊两端最是好看，有高高翘起的鼻子和盘子，盘子上还雕刻着花草的图案。屋子是正南正北的朝向。两扇沉重的朱红大门。一道高高的门槛。门槛外面是大青石铺砌的台阶。屋子里头，是前堂后庭。堂的两边是厢房。庭里有上楼的楼梯。且有后院，坦荡宏大，种了无数花草、树木、中草药材和蔬菜。这样的屋子，位居城市中心，就在大街的背后，闹中取静的地势，真真是一个绝好的居所了。岁月的风霜，自然还是放不过这栋老屋的。1949年，新中国成立，所有房契地契作废，一切权力归国家。我们的老屋以及后院，开始被分割和蚕食。

我来了。我在这里住下。我在地板上爬动，渐渐长大。地板已然松懈，咯吱咯吱地响，大人们吓唬说这是鬼来了。我的玩具，那些踢毽子需要的冥钱和铜板，还有私下积攒的硬币，经常从地板缝里，掉进深深的架空层。我会长久地趴在地板倾听，希望能够与鬼们对上话，请它们把我的东西归还给我。无论是大人们的吓唬和小孩子幼稚的幻想，都是一个人童年的瑰宝。老屋子就是能够给孩子带来童年的神秘与好奇。

其实这个时候，我们家已经居住得十分拥挤。我是睡在外婆床上的，那是一架已经暗淡无光的雕花架子床。我们几乎夜夜等待，每天都祈祷在外买醉的外公能够平安归家。有一天深夜，忽然惊天动地一声巨响，我那一身武功的外公，酒醉醺醺地，从窗户那里，洋洋洒洒闯进来。原来我们家的这扇窗户，被外公一个霹雳掌劈开，豁然变成一扇洞开的门。这也是老屋带给我的，一个永恒的童话记忆。

我们家之所以发生拥挤，是因为老屋的二分之一，已经被国家没收。政府安排了两户人家居住进来。其中有一户人家有三个孩子，他们的父亲是一个荣誉军人，在公路局养路段工作。他的胳膊上有一个穿透性弹孔，这是抗美援朝时期在朝鲜战场上受的伤。高兴的时候，荣誉军人会邀请我和他的孩子们一道玩耍。他鼓励我用一根筷子，大胆地穿过他胳膊上的弹孔。他的三个顽皮孩子，会在旁边助威呐喊或者做鬼脸恐吓。这些，也是老屋带给我的有趣经历。

十九年后，国家又开始落实房屋政策，老屋的产权回来了。租住户们迁走了。我童年的玩伴消失了。被他们一家五口居住得伤痕累累的房间，就这样，地板带着炭火烧灼的大洞小眼，板壁上带着手指挖出的大小窟窿，胡乱牵扯的电线，窗户上发黄的报纸，却再也无法恢复体面。有一天，我们后院的一侧，忽然就有人盖房子了。红砖平房，是一所杂技学校。从此我们家后院里，会经常传来小孩子被强迫练功的哭啼声。再一天，我们后院的另一侧，又有人盖工厂了。是一个丝织厂，从此，丝织机就不断地轰响起来。最后，我们家的后院，缩小到了巴掌大，里头只够容留我们家的一个厕所，一棵桃树，桃树下，只是可以放两三把藤椅而已。被分割占用得不成形状的小院子，再也无法收拾停当，四处残砖断瓦，杂草丛生，立秋之后的蟋蟀蚂蚱叫声凄厉。屋瓦砖墙，忽然好像加速了风化凋敝。我外公外婆，则完全无能为力了。他们面对自家老屋的衰落，只能是一种不动声色的身心交瘁。一个祖传的美好的房屋之梦，就这样被现实破碎着，他们无法承受这种破碎之痛，相继早逝在五十出头的英年。

那时候，我还没有来得及成年，我才刚刚进入高中，对于我们家的老屋，我才刚刚萌动自觉的热爱意识，我还正在翻阅《十万个为什么》，一心想弄清楚老屋两侧屋脊的盘子上，曾经清晰的花草雕刻图案，是忍冬花还是蕨手纹。然而，在老人去世之后，我不得不彻底离开老屋，回到我父母家。

我父母家，就是单位宿舍。是新中国最早的那种单位宿舍：单薄的红砖平房，直通通的一个房间，隔壁左右邻居的任何声音，都会发生在你的耳边。你务必谨小慎微，不敢说话也不敢动弹。然而，单位宿舍却是一种社会时尚。是一种火热的集体主义生活。是国家职工的一种身份标志。年轻人都更热衷于单位宿舍。我的父母，还有我母亲的兄弟姐妹们，长大一个外出一个，外出一个就居住在单位宿舍了。如此，我们家的老屋，最后再也没有后代居住。老话说"人靠衣撑，屋靠人撑"。这是没有说错的。当我们家老屋彻底失去人气之后，更加飞快地破败和腐朽了。到了改革开放，国家政策松动，私人房屋又被允许买卖了。我们家老屋，就像一个沉重的历史破包袱，被我母亲他们兄弟姐妹，匆匆忙忙就出手处理掉了，售价才五万元。

2001 年的仲秋，天空高远，阳光明净。45 岁的我，独自一人，作了一个哀伤的旅行。我悄然回访了我们家的老屋旧址。那里已经变成一栋私人住宅，建筑得潦草和土气，也就是火柴盒子的模样，一看就是乡村泥瓦匠的手笔，谈不上任何建筑美感和建筑特点。倒是十分鲜明地表达着一个热烈和急迫的房屋之梦：在改革开放初期赚了一笔的人，首先就要把富裕用房产固定了下来，要把个人权利落实到宽敞的住房上面。在这个梦里，最最要紧的是，把"我没有！"变成"我有！"，而建筑的美感与居住的美好，在他们的意识里还没有出现。房屋之美与居住之美，对于一夜暴富的人来说，还很遥远。这样的美，是需要见识，修养，经历，感悟，陶冶和亲近的。我完全理解。我只有遥望几眼，黯然离去。

我还去江边看了看。在这里，我外公还曾经拥有大排的房子，那是商铺和仓库，它们被摧毁得更早。江堤某处，我外公还曾有一座家庙，它的彻底毁灭，是在抗美援朝时期。起因呢，据说是我们家庙的住持，一个厨子出身的老头，对抗美援朝战争进行了造谣，政府就把他拉出去枪毙了，家庙也就被摧毁了。

满地碎片，一派苍凉，回望历史，我祖辈的房屋之梦黄粱一现。我也只是在人到中年以后，才得见这些碎片和苍凉，才得见那栋老屋华美的影子，才渐渐认识到，何谓不肖子孙。且不说维护，修葺与发展，我们不肖到连一个梦都承受不起了。

宿舍仙踪

　　宿舍是我人生居住的第二种房屋形式。可是我，从来没有认可过它们是我的家。它们怎么能够称之为家呢？就一个直通通的房间，中间用马粪纸和甲板一间隔，父母睡里间，我们孩子们睡外间。主要家具就是公家的办公桌和椅子。吃饭在单位食堂。排泄在公共厕所。把热水瓶提到单位锅炉房灌开水。周末单位的公共浴室开放一次。平时的盥洗都在公共水池。说话尽量简短，声音尽量压低，因为墙壁过于单薄，家家户户都没有秘密。没有秘密都会被人家揭发检举和批判斗争，所以在家里要表现得比在外面更加革命。在很长一段时间，我们家连窗帘都不挂。遮掩个人最基本的体面，就是把窗户最下面的两块玻璃涂上油漆，或者，糊上报纸。除了毛主席的画像，一般我们不挂画，花鸟虫鱼全部都是资产阶级。我们的生活简单到苍白，正在穿的衣服就放在抽屉里，或者自己的枕头底下，其他季节的衣服则放在箱子里，箱子则塞在床底下，床底下有老鼠则报告行政科，行政科则会发一只老鼠夹子。

宿舍，正如它的字面意思一样，是一种十分简单的房子，专门用于过夜睡觉而已。

后来，慢慢地，宿舍有了楼房。再后来，也有了套间的意识。不过，再怎么进步和发展，除了一定级别的领导干部可以居住那种真正的带有卫生间和厨房的单元套房之外，绝大多数宿舍，还是十分简单、狭窄、局促和单薄，基本也还是一个提供过夜的意思。

我居住了多少宿舍？我没有计算过。总之很多。在我成家立业之前，我居住在父母的宿舍。而我父母，跟随单位的变化而不断变动宿舍。作为下放知青的时候，我居住在知青队集体宿舍。上大学之后，我居住在学校宿舍。参加工作之后，我居住单位单身宿舍。宿舍意味着临时居住。我们都要有临时观念。不能购置和拥有个人物品。我的书籍比较多，那都必须装在纸箱里，塞在自己的床铺底下。因为宿舍是单位的房子，居住资格由单位领导批准，入住和退出有单位行政科的管辖，它会随着个人职务的升降和工作岗位的调动而变化。

在漫长的宿舍生活里，我们的私人生活，也就是与宿舍同样的简陋，枯燥，单调和苍白。我们没有个人生活，没有回旋余地，没有接人待物的空间，窗台没有花草，膝下没有动物，墙壁没有绘画，所有门窗皆无雕饰或者装饰，由于到处都是水泥筑就，连野草都难以生长。总之，人间烟火之气，一概没有。说分配给你，房间就从天而降。说不分配给你，房间身形一变，就不是你的了。宿舍对于我们中国人来说，真有一点儿似仙似妖，是一个冷酷的神仙和妖精。在这种居住方式里，对房屋的任何一个美梦，几乎都被斩草除根了。尤其是女性，是不纳入公房分配计划的。计划设置的理由是公平：职工们不得重复获得分配房屋。因此，只需要分配给男职工就行了，女职工嫁给男职工就行了。而女性如果不嫁，男性如果不娶，就没有资格参与排队分房，此生就永远滞留在拥挤的单身集体宿舍。

当我彻底离开老屋，回到我父母家之后。当我开始了宿舍的居住方式以后，我从此就失去了家园的归属感。老屋的居住，虽然短暂，却使得我对宿舍加倍地陌生和排斥，我一直都身居其中却流浪在外。结婚之前，我一直都觉得自己是一个女流浪汉。结婚之后，实话说流浪是不再流浪了，但嫁给男人的房子，滋味也是极其难受的。记得婚后一年多，两人爆发第一次严重冲突，男人就理直气壮地说："你给我滚出去！这是我的房子！"这句话，就埋下了十几年后离婚的导火索，当然也成了我人生奋斗的巨大动力。

直到改革开放，直到我们国家的房屋再度变成个人可以买卖的商品，尽管土地还不可以私有，我也感恩得泪流满面，怀揣稿费，到处去看商品房。这个时候，我才忽然发现，一个妖怪的踪影消失了，宿舍的噩梦消失了，男人霸权消失了。当我买到第一套四房两厅的商品房，我挨个开关房门，逐个开关电灯，手舞足蹈得像一个小女孩。我心里暗暗发誓：此生我永远不会用住房来伤害他人！我永远不会对他人说你给我滚出去这是我的房子！原来，宽容与原谅的先决条件，是你自己必须拥有实力。随后，房屋之梦的袅袅翠烟，又在远方遥遥升起了，更进一步的美梦，更进一步的拥有，更进一步的实力。在住房上面，我特别理解和完全允许自己得陇望蜀。人类本来就是动物。动物本来就有巢穴之梦。人类的房屋之梦其实就是巢穴之梦。巢穴才有家的感觉。家首先就是要拥有屋子，而真不一定是要拥有什么人。"家"这个字的字面意思就是本质真相：屋顶下面是猪。有屋有肉就是家。有家才有灵魂的回归。无论如何，人是有权利做梦的。无论如何，连做梦的权利都要剿灭的话，那也实在太残酷了。

何处房屋是我家

从 1987 年开始，到目前为止，我搬家八次了。武汉三镇，我是都住过了。幸福感呢，逐渐也有了一点点。毕竟从最初的大筒子楼，搬迁到了三家居住的团结户，这是一个进步。然后再搬迁到小两居的单元房，这又是一个进步。然后再一步一步地艰难折腾。尽管到了最后，距离我自己的房之梦还是相当遥远，不过总归是在改善和进步。新的痛苦，不再是住房的面积狭小，而是居住环境了。

居住环境也是属于房之梦的。美梦本身就是有美好的房屋与美好的居住两个部分。而居住装修的噪声和有害气体对于居住环境的破坏，出乎意料地严重，紧紧跟着我的搬迁，如影随形，而且越来越深重了。

居室装修本身是一大痛苦，我已经深有体会，且先不谈这个。我说的更为严重的痛苦，是人们的过度装修，不停地污染和破坏着他人的生活环境。可是，人们似乎对这个问题视而不见，恶湿居下，正是古代圣贤所说的：仁则荣，不仁则辱。今恶辱而居不仁，是犹恶湿而居下也。这就是说，人人都知道厌恶潮湿，却又自甘处于低洼的地方；

人人都知道过度装修影响了他人的生活环境，人人却又甘愿过度装修。中国人早就是这副德行吗？可见我们的灾难来自自己，这是有历史渊源的了。

我的八次居住，早先的两三次，还算安静。进入九十年代中期之后，我就再也没有安静的住处了。不管我的房子在多么安静的地段，邻居们永远在此起彼伏地装修，楼上楼下的电钻，一直要钻到人的脑壳子里头去。社会时尚的发展，导致居室装修出现了一个认识上的极大误区：越豪华越好，越时兴越好。如此，对于时尚的盲目追求，使得装修浪潮一浪覆盖一浪，从此我们的生活小区再无宁日。

房子到底是什么呢？房子是家呀！一个家，首先需要什么呢？首先需要家的因素。家的因素首先就是人，是那些围绕着人的气氛——安宁，和谐和温馨；是家具——自己喜欢的家具；是风格——自己喜欢的风格——；是方便而顺手的日常用具——它们都放置在你习惯的地方，你闭着眼睛都可以拿到；是气息——一股子属于你们家自己独有的气味。我们在外面工作，劳动，应酬，我们穿着劳动服装当然包括西装，我们紧绷绷地劳累了一天。我们回到家里，得赶紧换上自己舒适的小棉袄，我们的家就是我们的小棉袄。我们在城市奔波和劳碌，满目都是耀眼的玻璃幕墙，是浮华的彩灯，是写字楼的压抑，是汽车尾气和噪声的紧逼，只有我们的家，才可以给我们沉静与柔和，清爽与单纯，才可以呼吸我们熟稔如家乡般的气息。我们的老祖宗，对于家的境界，有绝妙的评价，这就是：修洁便是胜场，繁华当属后乘。即便再有钱，富丽堂皇终归有村气嫌疑。作为家庭，那就俗了。富丽堂皇是另外的地方使用的，比如宾馆，庙宇，教堂等等。而我们的家呢，清楚一室，窗几无尘；坐有椅，躺有榻，睡有床；床头有书，手边有杯，杯中有茶；听有轻风入耳，看有月色洒地，闻有花香扑鼻——这便是再好不过的了！

我们当然希望拥有理想的房子。也当然希望将理想的房子装修得好看和好用。若是我们希望把这理想中的房子，在装修之后，变成我们理想的家，那么肯定就不是一味地赶时尚，一味地反复装修了。而是要尽快地让装修的尘埃落定，然后开始倾心倾力地，点点滴滴地，持续不断地，营造一个自己的家。摆弄家具，整洁门窗，选择布饰，调整用具，一一安放自己的小嗜好和小秘密，那是有太多太多的事情要做的了，那是一辈子也享用不尽的个人权利与自由劳动了。

我曾经不顾工作的繁忙，忙中偷闲，做了一个手工笔筒。首先，我看中了一只小巧适度的薯片包装筒。然后，我从报纸上撕下一些我认为有意思的文字片段，再将这些小纸片用隔夜的茶水浸泡，再将浸泡成古旧黄的纸片晾晒，待它们干透之后，再以不规则的形式，一片片粘贴在包装筒上。也就是一只废弃的薯片包装筒，经过我这一番精心劳动之后，完全是丑小鸭变天鹅了，它变成了一只非常有文化感的，非常有现代审美意识的，世界上独一无二的笔插。我再插进去一把削好的彩色铅笔。如此一来，我家的案头，真正是别有情致了。我相信，世界上有许许多多的笔筒在出售，昂贵的黄金笔筒和价值连城的水晶笔筒，我也见过，我也观赏它们，然而，它们是陌生的，丝毫不含有我自己的意义。而我亲手制作的这个笔筒，尽管一钱不值，它却成了我家的故事。我的家，我的心思用在这里，我在这里创造着属于我们自己的美丽，因此这只笔筒，就成了我们家悦目的风景之一。自己的风景，那是越看越有感情，越看越美丽的。

我的八次迁居，有四次是旧房子，有四次是新的毛坯房。搬进旧房子的时候，我一概没有重新装修。新的毛坯房，我也只是进行最简单的装修，主要是处理地板和墙面，卫生间与厨房。前面我说过，与装修公司打交道本身就是一件痛苦的事情，我宁愿把这种痛苦减少到最低程度。更重要的，我始终认为，房子是家！人的居住方式和生活方式决定一个家的内容和档次。而装修，永远是外在的形式。我不能为了这种外在形式，污染和破坏自己与邻居的日常生活。我不愿意做那种恶湿居下的伪君子，我更愿意修养自己良好的德行。房之梦的追求，不就是为了自己的幸福吗？那么修养良好的德行，不也就是为了自己内心的坦然和幸福吗？何必在追求一个美梦的同时又断送美梦呢？损人的最终结果其实是不利己的。

也许我的说法和观点书生气了一些，是否有人接受，连我自己都绝望。更通俗地说吧：实在无须频繁地更换居室的外在形式，因为这种频繁更换也会让自己付出健康、时间和金钱的代价。同时还与其他赶时髦者的装修千篇一律，不外乎客厅里都搞了一面所谓的文化墙，不外乎把电视机都当作了客厅主要装饰品，而围绕它搞一些花哨名堂，不外乎再搞一个不伦不类的和室。千篇一律有什么美好可言呢？只有个性的才是真正美的。再说，物质总归是速朽的。用自己有限的生命，去附庸风雅追赶那些高科技时代速朽的物质，值得吗？

我一气之下，写是写出来了这篇文字，抬头一看左邻右舍此起彼伏的装修和脚手架林立的城市，我知道我写的都是废话。我也曾多次呼吁装修立法，事实证明，那也是废话。

废话也要写！

七天邂逅两个奇遇

那是 1995 年的早春，我第一次去德国。

那是我的第一次小说朗诵会，不是在我的母语国家，而是在德国的杜伊斯堡市举行。

那一次，我在杜伊斯堡市居住了七天。

七天，按说是一个不长的时段。生活中，我有无数的七天平凡地过去。而那一次，仅仅七天，我却邂逅了两个奇遇。这也算是一生中难忘的经历了。

第一个奇遇要从我的小说朗诵会说起。我与德国人的交道，在去德国之前就有了。德国有一些学者在翻译我的小说。在与他们打交道的过程中，我逐渐了解了他们的行事习惯和作风。德国人十分严谨，做事情一定是计划在先，而事后的执行，也一定是按照计划严格执行。一般都是分秒不差，毫厘不减。长期生活在德国的中国人，私下给德国人取了一个绰号：方脑袋。也就是形容德国人做起事情照章办理绝不圆滑，脑袋是不肯转动的。比如关于我的小说朗诵会，德方事先就发来了若干份传真。朗诵会的开始时间，会议长度，地点，篇目，会议程序，主持人是谁谁，被邀请人都是哪些人，着装形式（因为州长夫妇和市长夫妇皆要出席，朗诵会适合着正装，即：男人西装革履，女人晚礼服）。等等，等等。德国发来的传真纸一直拖到我家地板上好长好长，其实不过就是两小时不到的一个小说朗诵会。

因此，我在到达杜伊斯堡之前，我就知道，我的翻译家，柏林洪堡大学的梅勒教授，也将乘坐某月某日某点的火车，到杜伊斯堡，小说朗诵会结束之后，她即返回柏林。

不料，梅勒教授不仅自己来了，还把她的先生也带来了。小说朗诵会之后，他们还准备全程陪同我。要知道，小说朗诵会一旦结束，梅勒教授的公差也就结束了。之后的费用，都将由他们自己支付，时间呢，也将使用他们自己的休假。对于十分看重和吝啬个人时间与个人经费的欧洲人来说，梅勒教授夫妇的做法，真是太罕见太慷慨了。因为有了他们的慷慨陪同，我就不存在语言不通的巨大麻烦了。私下里，我一再担忧的进餐和排泄问题，也就完全不存在问题了。尤其是在小说朗诵会热烈而成功的举行之后，我用语言的感谢实在显得菲薄了一些。如果是在中国，至少我可以请他们吃一顿好饭。在德国，除了赠给他们两个方正的中国字"谢谢"，我真是别无他法了。就在我特别希望表达自己真诚谢意，但是却又无法表达的时候，一个奇遇发生了。

当时的杜伊斯堡市，正有一个南非的国家歌舞团在演出。市政府便邀请我们去观看了一场歌舞。我在无意之间犯了一个不大不小的错误，我把梅勒夫妇的戏票，忘记了给他们。到了时候，居然就带在自己身上进了剧院。到了剧院，因为被作为贵宾安排在最好的位置，与南非总理佛萨坐在一排，仅仅相隔两三个人。我这里一高兴一激动，就彻底遗忘了口袋里头的戏票。稍后，梅勒夫妇来到了剧院门口。他们左等右等，无法进场。眼看歌舞表演就要开场，夫妻二人做了一番分析，判断我已经进场了。这对博士和教授夫妇，真不愧为德国的优秀知识分子，十分有涵养有胸怀有风度，既没有嚷嚷，也没有对守门员解释他们是市政府邀请的贵宾，更没有表白他们是德国最著名大学的老教授，而是无怨无悔地自己掏钱购买了戏票——实质上，等于是我的错误迫使他们自己破费了。

在剧院看见梅勒夫妇的一瞬间，我突然想起了口袋里的戏票。这一个悔恨啊，我恨不得捶破自己的脑袋。我连连道歉，我真的后悔不堪，万般愧疚。他们豁达的微笑几乎让我有无地自容。尽管我不是基督徒，我还是不由自主地小声祈祷：上帝啊，请给我一个机会纠正错误和弥补他们吧！

就在这个时候！上帝！就在这个时候，剧院的广播响了。他们这是在宣布中奖号码。我们是被邀请的贵宾，我们都不知道也都不属于摇奖对象。原来，这场歌舞的戏票是有奖销售的。头等奖是免费旅行南非一趟。而唯一的一个头等奖，恰恰摇中了梅勒教授购买的戏票。我的朋友中头等奖了！我的错误被纠正和弥补了！这是我再也想不到的一种方式。这只能说是上帝的赐予。梅勒教授是那样喜出望外。我惊喜地差点从椅子上跳起来。我们在剧院遥遥相望，眼睛闪闪发光，根本无须语言，我们都感知到了上帝对我们的眷顾。

事后，多少年来，我都无法忘怀那个时刻的惊喜。那一种惊喜，来得多么复杂、多么微妙又神奇啊。

第二个奇遇，是我下榻的那家旅馆。

在这次的德国之行以前，我也见识过一些饭店了。国内国外的都有。五星级饭店的豪华，几乎都集中表现在大堂。一类走金碧辉煌的路子，一类走大红大绿的路子。香港偏好大红大绿，曼谷偏好金碧辉煌，北京则将两者偷工减料再混合搭配。最初一刻，这些星级大饭店，还是可以刺激视觉的，只是新鲜感会很快过去。接踵而至的感觉，就是所有饭店的通病了：迷宫似的客房；出了电梯要花好一会儿时间寻找自己房间的方向；走廊太长而吊顶太低感觉压抑；背景音乐不管你心情如何都会像一根小辫子跟随着你；打开房间门冲出一股气味，不是陌生人的气味就是化学香精气味；房间隔音效果不好，外面不断传来隐隐的客房房门的开关声响、地毯吸尘器的声响、卫生打扫车的声响。这还是五星级饭店呢，这还是隐隐约约的噪声呢，若是普通饭店，一大早就会有人叩门，高叫一声"服务员！"，人家服务员就要闯进来送开水了，就要打扫和整理房间了。在整理房间的时候，服务员不免就要展开她们的家长里短谈笑风生了。不过，我以为，饭店就是这样的，总归是差旅途中的客栈，总归是一个人来人往的地方，总归不是自己的家，总归没有必要苛求人家。因此，这次来到德国，对于下榻何处，我根本没有预期值，打算的就是客随主便而已。

然而，我却被送到了一个传统的古老的家庭式的旅馆。这却正是我的千百次的梦中所想！

旅馆临大街，看上去却不像旅馆。青石条砌墙，墙缝里有青苔痕迹，墙面却是修葺过的新鲜和干净。两扇深色的包铜大门。大门安静地闭着，紫铜兽头门环擦得一尘不染，此外一点张扬和花哨都没有，俨然一户庄淑的好人家。开门进去，一股植物的馨香扑面而来。楼梯口和窗台到处都是鲜花。餐厅的小圆桌上是洁白的台布，那种上过浆的挺括的台布，台布上再斜铺小方巾，墨绿的颜色，这是一种绝佳的色泽搭配，让人赏心悦目。椅子是深色的枣红，木质沉重，线条圆润，丝绒坐垫，精致的手工铆钉，高高的椅背上还有一个微微的凹，那是随时准备让你倚靠疲乏的脑袋。酒吧的灯光，暗得神秘，所有玻璃制品，都在幽暗中闪亮。宽敞的后厅，是德国贵族家庭传统的客厅。壁炉，油画，挂盘，古董，沙发，全羊毛波斯地毯，厚厚的富有弹性的地板，体积庞大，工艺华贵的古老家具：柜子和箱子。低回的古典音乐在这里海浪一般涌动，似乎纯粹为自己吟唱。忽然，我想起了自己遥远的中国，想起了我们家那栋已经消失的老屋。分明这是一家旅馆，它却冒失地让我想起了自己的家。

服务台总是只有一位服务生，他把大门和房门钥匙都交给了我。钥匙都是铜制的，长长的笨笨的老式钥匙。服务生的信赖感简直使我惶恐起来，以至于我觉得在将来的几天，我肯定会丢失这两把沉沉的钥匙。我的房间在四楼，有一面倾斜的木质坡屋顶，时尚感极强。房间内所有的制品，都是木质，棉织和藤编，颜色一律是木、棉和藤的本色。本质与本色，两者相配，相得益彰，正是我梦寐以求的喜欢。卫生间极其宽敞，几乎大于房间，在充满薰衣草的香氛里，一只深深的铸铁搪瓷浴缸安放在中央，我这样的个子，可以像人鱼一样在里边浸泡游动，这完全就是梦幻的感觉了。而当我用钥匙打开房门，我的桌子上，居然摆放了一大束鲜艳欲滴的玫瑰。这一大束欧洲种的硕大玫瑰，足以照亮整个房间，而玫瑰旁边的祝福卡上，居然就写着我的名字。原来，在我到来之前，《莱茵报》已经报道了我的消息。于是正巧被喜欢我小说的读者看到，于是他们就向旅馆预订了这束玫瑰，于是在我到达之前，饭店就把这束玫瑰送到了我的房间。一束鲜艳的玫瑰和一张祝福卡片，就这样，在异国他乡，在我的房间，静静地迎候我的到来。这又是怎样的一种惊喜呢？

我在这家饭店居住了整整七天。无论我是上午出门还是下午出门，无论我是睡了懒觉还是深夜归来，我都没有看见过服务员，也没有听见过服务员发出的任何声音，更没有任何人前来敲门。但是，只要我出门以后归来，我的床铺总是更换了床单，房间整理如新。深夜，我自己回来，自己用钥匙打开大门和房门，完全自由自在。我会时常去宽敞的后厅坐坐，长久地发呆，偶尔遇上别的旅客。别的旅客看见我，会微笑着离开，或者轻轻坐下，一副生怕打搅了我的模样。早春的日子，德国是非常寒冷的。而这幢旅馆，用一座巨大壁炉和四面的石头墙壁，就把人回护在温暖之中了。当然，还有那双层的窗户，还有那多层的窗帘，这栋房屋，它是不肯忽略一点点细节的。我的窗户临街，却没有一丝寒风可以长驱直入。我坐在窗台上，俯瞰大街上鱼贯而行的小车，真的仿佛就是无声的鱼儿在游走，没有一丝噪声钻进我的房间。安谧和温馨，这是我对居家住房多少年的向往啊！

所有这一切，一再让我遭遇自己的房屋之梦。我很荒诞地梦想着：这就是我梦中的建筑梦中的家啊！这种感觉的自然产生，固然不乏可笑，我怎么会把旅馆当家园，把他乡作故乡呢？然而，我依旧震撼。此前我有梦，却在现实中无有对应，纯粹是一个梦。忽然这一天，却撞上了房之美梦的现实版本，眼界大开。怎么叫我不震撼呢？

我查访了这家饭店的前世今生。从前它就是一户人家。当城市日益繁荣起来的时候，这户人家从城市撤退了。撤退到更静僻的市郊，居住在连树林的鸟儿和湖里的野鱼都不受惊扰的地方。他们把这栋祖传的老屋稍作改造，经营成为旅馆，用经营旅馆的钱，享受乡村生活和保护鸟儿和鱼——这是一个典型的资本主义社会的生活方式。原来，资本主义发展到中后期，它几乎完全纠正了最初的贪婪与血腥，把整个社会的人与人，人与自然的关系，稳定在一种和谐之中。因此，这家旅馆还是保留了家的风格，它不招摇，不在大门口拉横幅标语大肆揽客。它不宰客，不欺客，也不需要门庭若市。它精细地维护着家庭的私密感，维护着客人作为家庭成员的主人翁感，维护着家具，门窗，楼梯，摆设和所有日常用具。它生怕过高的居住率加速它所有陈设的损耗，因此它只是接待它的知音。它要让它的知心获得回家的感觉。据说这家旅馆基本都是回头客。也有太喜欢了的客人长期包租，把这里当作家庭居住下来。这就是为什么它连一个门童都不设的原因。它体现的商品经济规律，唯一就是比较昂贵的价格。价格却还是明码实价，完全任由顾客选择。于是，这里头，就有了一种公平。有了公平，便有了与人的敬意和人情。敬意与人情，令人想起我们中国古老的往昔，那时候，中国被称为礼仪之邦。

人该怎样活着？该活在怎样的家里？该怎样明白自己需要什么样的家？一个人，一个家，千万个家，一栋房子，许多栋房子，该如何去做事情，才能得有人与人之间的敬意与人情呢？我的想法空前地复杂起来。我沉沉地走出这家饭店，一个回望，感慨万千。七天前，我是作为一个成年人步入大门的，七天之后，我已经变成了一个带着满脑袋问题的小学生。

临别之前，那个熊一般高大的德国男人问我在这个旅馆居住得是否满意？因为这是他预订的旅馆，因为他认为我会喜欢这个旅馆，当然，他说，这个旅馆比较贵，可是比较不现代，有许多年轻人不一定习惯这样的房子和生活，不过他认为我会喜欢。他说，他在机场接我的时候，看见我，就感觉他的选择是正确的。是吗？

我回答"是的！"。忽然，对于这个刚刚才认识几天的德国男人，我有了万语千言。可是，我们没有语言，我们无法交流，我只能就这么望着他，含着感动，含着谢意，含着理解。这位德国绅士，他立刻明白了我的心意，不计前嫌地再次向我伸出了他友好的双臂。那是七天前，在机场，刚一见面，他就展开热情的双臂欢迎我，我却羞涩地躲开了，因为拥抱不是中国人的外交礼节。此时此刻，我还是羞涩的，但是却明白了他的心意。我觉得他懂得我的梦，那个关于居住关于房屋的梦。也许有些美梦，并不因为民族不同和语言不同而有区别。于是，我接受了他拥抱。一个温暖的拥抱，也就是千言万语了。还需要说什么呢？记住了就是了。什么都比不过记在心头的长久和喜悦。都比不过这长久的喜悦在日后渐渐盛开一朵记忆之花。

书房的另一个名字叫福德

我最近一次的新居，在简单装修之后，有线电视台上门安装有线电视。安装工人一进门，不等我们带领，就轻车熟路，直奔客厅正面墙壁，这里是家家户户摆放电视的地方。可是，工人碰壁了。我们家的这面墙壁是整面的书柜。

工人面对书柜，大感不解，"电视机呢？"他十分好奇地问。我们把他带到了另外一个小空间。这个工人很逗，他认为我们把电视机放错地方了。他认真负责地提醒我们："那里才是电视机的地方啊！别人家家户户的电视机都放在那里。很多豪华装修的人家里，电视机都放在那里啊！"

工人站在那里，等着我们回心转意，看样子他一定以为我们脑袋出了毛病。我们笑了。我们请他赶快动手安装，并且清醒地告诉他：我们是特意这么做的。"为什么？"工人反问，他越发大感不解了。工人一路安装有线电视，人家家家户户的客厅，都是要堂而皇之地摆放一台电视机的，为什么你们家偏偏要把电视机丢到一个角落？为什么？

工人死活也想不通了。

是啊！我倒是一下子被这个工人惊醒了。的确，现在电视机主宰了我们的客厅。从前，也许因为居住空间受到限制的原因，一个家里，只有客厅能够容纳电视机。后来呢？尤其是现在呢？许多家庭纷纷乔迁新居，住房面积逐步地扩大起来。可以号称"大屋"的居住，也有了相当多的人家。着意一想，工人说的可不是吗？几乎所有人家客厅的主要墙面，都供奉着一台电视机。现在的人家，尤其是比较殷实的人家，大客厅里，一般都是一台最新式的电视机。如果空间宽绰，一般就会设立一间麻将室。再就是健身房。再就是电脑房。或者再就是一间家庭影院。房间再多，似乎都不够，人们还想要桑拿室，要客房，要保姆间等等。却唯独没有要书房。

我们索性把客厅都拿出来当作书房了，这也许是一种个人偏好，不太符合大众生活习惯。但是，对于现代居住和现代生活来说，书房应该是必不可少的。为什么呢？我是写书的，我不想卖瓜的说瓜甜。我不强调书籍有多么重要，书房是多么文雅。此外还有"知识就是力量、智慧就是金钱、人从书里乖、万般皆下品唯有读书高"——诸如此类的陈词滥调，我一律不当它们是理由。

我放弃天下所有的大道理，我只说一个最质朴的原因：阅读是一种福德。

电视机，再新款，再豪华，它是机器，是消费品。电脑也是机器，也是消费品。金钱，更是流逝的，更是消费的。大千世界，凡物质的一切，无不属于消费品。它们要坏掉，会更新换代，会变成难以处理的垃圾，有辐射、有静电等各种副作用。它们在给人带来满足的同时，也带给人带来了够多的麻烦。从更长远的时间和空间来看，它们是水中月镜中花，人辛辛苦苦一生，忙忙碌碌一场，都为了赚来这些物质。而这些物质总归是冰凉的，是没有感情的，给谁使用都是一样，还不像那猫儿狗儿，可以养成家里的，是会与你亲密的，知道感恩戴德的。物质的最后结果，无非是前前后后的坏掉，作为垃圾处理出门，一切都归于没有。你再赚钱再购买，还是重复一个从有到无的消费过程，它是不会参与你的有血有肉的情感生活的。

而能够参与和渗透人的情感生活的，可以让人心愉悦逍遥，远离尘嚣的，那还是书籍了。只要你拥有书籍，只要你阅读，你多少都会心有所动。家里有一间书房，方寸大小，都不重要，只是书籍多多益善。在你烦恼的时刻，疑惑的时刻，五心不定的时刻，欲说还休的时刻，你可以尝试一下，走进书房，坐在那里，或随手翻阅，或静思冥想。再翻翻书，再呆坐坐。渐渐地，你已经就不是方才的那个人了，这就叫你得了福德了。

福德是一种无形的东西，多少钱，也不能直接购买。它偏偏在书籍有，在文字里有，在你与文字会意的时候有。它不会腐朽。不会坏掉。历久弥新，来去都是永恒。它会抚慰你启蒙你，永远都有力量。只要有一间书房，这无形的福德就会常驻家里，它会随风潜入夜，润物细无声。人心安稳了，妥帖了，愉悦了，爽快了，这实在就是人生天大的福德了。

因此，我总是以为，书籍不光是秀才的，即便寻常人家，现在也应该有一间书房，就好比喜鹊也会随便落到人家的檐头。如果家挤不出专门的房间也不要紧，我的一个法国朋友，家里也狭窄拥挤，那么，马桶旁边就是书架了。德国人呢，连卷筒卫生纸上，都印刷着名著或者诗歌。福德是无形无限的，在哪里就是哪里的空气。家里的空气，要说香气氤氲，再也是比不过书香的。有了书香的家庭，孩子就不用送到外面上那些劳什子培训班了。那些培训班，最好的也就是教给孩子一种技能，而书房，便是孩子的阿里巴巴山洞，是终身的营养和宝藏了。

我想我也并不是反对电视机以及各种机器。尽管现在我基本不看电视了，我还是安装了有线电视，以便老人使用电视机。物质的一切，与书房并不相悖。书房是一个与万物都协调的好东西。只是家家户户，不管缘由，都把电视机当神龛一样供在客厅正中，我深感遗憾罢了。就算家里不设书房，也应该装修得有一点自己的爱好，有一点自己的兴趣好不好呢？人类的现代文明已经发展到今天了，我们至少有了可以设计家庭陈设的自由了，为什么还是如此习惯盲从潮流呢？盲从与随俗，现在还在大行其道，这是无法不悲哀的事情了。

女人需要一间怎样的房

其实我们原来不懂，中国女人，在封建社会，是最有地位的。首先，女孩子在父母家，有一间她自己的卧室，叫作闺房。闺房那就是女孩子的小天地，闲杂人等，未经允许，是不可以随便进来的。就算是自己的父亲和哥哥，进门之前也要敲敲门。出嫁到夫家，自然，女人就要与自己的丈夫合住一间卧室。但是由于丈夫要读书学习获取功名，常常须在书房苦读，卧室当然主要属于女人。如果其丈夫已经功成名就，那女人就更牛了，女人不仅主宰卧室，整个家庭，都是女人管辖的范围，因为男人得在外面工作啊。就连女人的贴身丫头，那都得好好地安排房间。更何况，谁家要娶媳妇，首要的一条：必须盖房。就算家里原本有间旧房屋，那也是不合格的，要娶媳妇就得盖新房。这样的要求，还根本不用女人自己开口，整个社会都认可这一规矩。盖新房娶媳妇，这是天经地义的，男人们平生都在为此目标劳作和奋斗。

好了。战乱过去了。新中国成立了。毛主席发了号令，说是时代不同了，男女都一样，男同志能够办到的事情，女同志也能办到。也许是毛主席的这条指示，说得实在空泛了一些。有关部门在规定工作量的时候，把女人当作了男人，而在拟定待遇的时候，又把女人当作了女人。

最典型的就是住房分配制度。在中国漫长的计划经济时代，住房实行国家福利分配。居然一下子就颠覆了千百年来的妇女地位，铁面无私地按男人的人头分配住房。也就是说，一个女孩子，顿时就没有"闺房"这一说了。然后呢，她必须和男人一样参加社会工作和劳动，居住在公共的单身宿舍。如果她不结婚，她就得一辈子在集体宿舍当众换自己的内衣内裤。如果她选择不参加社会工作，那么她就连集体宿舍也没有资格居住。就这样，很奇怪地，在新中国成立以后，女人完全失去了自己的个人空间。迫不得已的苦苦奋斗，从此开始。

我以一个女孩子的瘦弱体质，投入男权社会，在劳动中抢最苦最累的活干，生活上拣最苦的吃，积极参与各项政治活动，终于，我得以在高中毕业之前被批准加入了共产主义共青团。然后，积极响应党和毛主席的号召，坚决拥护上山下乡运动，成为一名下放知青。下放农村的时候，我才17岁，身体单薄，一米六五的个子，体重不到50公斤。但是，我赤脚跳进早春寒冷的秧田里去插秧，我不戴口罩不采取任何防护措施，日夜奔忙在灰尘弥漫的打谷场上。我当了小学教师以后也从来不享受星期天和寒暑假，只要在课堂之外，我总是投身于农田的劳作。最终，我又是以自己优秀的表现，被贫下中农推荐选拔到医学院，成了一个光荣的工农兵大学生，背着行囊，居住到集体宿舍。然而，历史的翻脸又快又无情，我的自豪感仅仅持续了几个月，一个时代就过去了。因毛泽东的去世和"文化大革命"的结束，新的时代开始了。中国的高考制度即将恢复，我立刻就变成了中国最后一届工农兵大学生。在门第森严的医学界，工农兵大学生因其生源的良莠不齐，而后在工作的单位备受轻视，那么，单身宿舍你也是没有资格挑选的，行政科分你八个人的大统间，你也得去。当然，如果你是名牌大学毕业，尤其是研究生毕业的话，你可以居住两人间，甚至可以得到单人间。目睹这残酷的现实，我又投入一场马不停蹄的奔跑。我一定要把自己证明到底：我是最好的！我把自己所有的时间，精力和经费——国家提供给工农兵大学生的基本生活费压缩到每顿只买一角钱以内的菜肴：买书！读书！背书！考试！一个星期又一个星期地，就这样循环。我要自己任何科目都考出最好成绩，我要让各科老师都目瞪口呆！我要在毕业分配的时候，他们不得不把我留在武汉市，否则他们的良心就要受到谴责。尸体、鲜血、死亡、排泄物，几乎没有过程地被我接受，在我眼里，它们完全超越它们的客观具象而成为我的医学文本。第一次的外科和妇产科实习，连男同学都有看见鲜血就要晕倒的，我把风油精递给他们涂抹太阳穴，自己却可以牢牢站在手术台上，聚精会神，手脚麻利，令许多德高望重的资深老大夫对我刮目相看。最后果然，我当之无愧地成为被留在武汉市的十个学生之一。我荣幸地获得了一间只住三个人的集体宿舍。

改革开放开始了。国门打开，西方各种思潮大量涌进。我如饥似渴地，也是囫囵吞枣地阅读着大量的翻译书籍。英国女作家弗吉尼亚·伍尔芙，她的思想一进入中国，立刻震撼了我们古老的大地，当然也就轻而易举就俘虏了我。伍尔芙最著名的名言就是：女人需要一间自己的房子。我简直觉得说到了我的心里头，同时还认为它切中了中国的时弊。女人啊，中国女人，把自己当作铁姑娘，劳苦奋斗得筋骨劳损，但是，连拥有小小一间房子的权利都没有。没有！国家不给你，政府不给你，社会不给你，单位不给你，任何人都不肯给你。

我从小就特别渴望有一间自己的房间，但这种希望仅仅只是作为美梦存在，仅供幻想，从来不敢真的有所要求。对于未婚者居住集体宿舍，我以为这就是单身青年们唯一的居住方式。然而一夜之间，伍尔芙让我觉悟了。可怕的是，一旦觉醒，我就再也不能忍受集体宿舍了。集体宿舍顿时显得越发嘈杂，越发拥挤，越发限制个人自由。你要看书，她要听收音机。你要睡觉，她的男朋友坐着不走。而你的朋友来了，她们一不高兴，就要垮下脸来，摔桌子打椅子。我再也不想忍受集体宿舍了。我狂热地行动起来，通过各种渠道，找到方方面面的朋友，想找朋友们或者租，或者借，总之不管以什么方式，我要寻求一间自己单独的住房。被我找过的朋友，人人都万分地不理解我的行为，都吃惊地问："你为什么要单住？"

我告诉朋友："女人需要一间自己的房间啊！"

朋友反问："为什么？"

"伍尔芙说的呀！"

"这人是谁？"

看来，与这些非文学爱好者们，是说不清楚伍尔芙思想的，那么，我只能强调"难道女人不需要一间自己的房间吗？"。

朋友们则认为，谁都想有自己的房间，问题是，现实就是现实，如果你没有结婚成家的需要，你要单独的房间做什么？

说不清！说不清了！我只好寻求别的理由。恰好这段时间，我身体有恙，动了一个大手术，需要长期吃流质饮食，而食堂是不可能为我单独做这份饭食的。因此我以写作和疗养病体的理由，终于借到了一间房子。

房子在某生活小区里，我入住之后，立刻引起了小区邻居的注意。他们的认识与我的大多数朋友一样：又不是结婚成家，怎么可以有一个年轻姑娘单身居住呢？多少年来，我们都是以阶级斗争的观念来教育人民的。所以，一旦人民看到任何新奇和陌生的现象，首先就会用阶级斗争的眼光去看待和分析，首先就会按阶级敌人去预设他人。于是，我的邻居们马上就去报告了居委会。居委会立刻就来上门调查。戴了红袖章的老太婆，目光炯炯，警惕性十足，比母老虎还严肃地盯着我。一次次盘问，半夜三更，也突袭过来，一次次查户口。于是，我被骚扰得一次次搬迁，放弃一处再借一处。再借一处，也没有几天安稳日子，邻居们同样有着高度的警惕性。一个年轻姑娘单独居住，完全不能被人们接受和理解。人们的思维定式是：只有坏人才喜欢独自一人悄然行动。邻居的一再检举揭发，不仅惊动了我们单位，最后甚至连警方都被惊动了。有关方面都要求我对自己的反常行为做出一个合理解释。我解释说"我想有一间自己的闺房还不成吗？"。单位领导和警方，都听不懂我的话。他们认为我的言行怪异并怀疑我动机不良。我唯有落荒而逃，返回集体宿舍。返回集体宿舍之后，居然连宿舍的姑娘们，都视我为异类了。英国早年的女性主义先锋思想，在当代中国的实践，遭到了当头一棒。悲惨的失败，令我无比沮丧。我在集体宿舍处境更加糟糕，时时刻刻被大家监视着，感觉再也住不下去了。我只好选择了女人唯一的小路：把自己嫁出去。

从表面上看，我当年的婚姻似乎还是出于爱情。那是因为，当事男女都很主观地用爱情色彩去笼罩自己的关系。年轻的时候，谁能够逃脱爱情的幻想与幻觉呢？谁不更愿意把自己的男女关系归纳到爱情的轨道上来呢？不过有一点，我自己始终非常清楚，我私心里头的强烈愿望和目的就是：我一定要尽快逃离集体宿舍！我真的非常需要一间自己的房间！我知道婚姻是两个人的房间，不完全符合伍尔芙思想，但是在中国，只能这样退而求其次了。我相信在两个人的房间里，很容易分割出自己的使用空间。最重要的一点还有，婚姻是女人的保护伞。进入婚姻之后，再也不会有革命群众的怀疑与举报了。就这样，我把自己嫁给了两个人的房间。一个男人，用筒子楼里头的一间老旧宿舍娶了我。

婚后，很自然地，崭新的宽大的书桌属于男人，我则很知趣地在床沿上安营扎寨。一只小板凳，一方床沿，看书写作。我在稿纸下面垫一块木板就觉得胜似书桌了。最享受的是房间里安安静静，再也无人敢于随便打搅。仅仅就是这样一种安静与安全，我都觉得幸福备至。我用婚姻的方式，使得自己获得了一个二分之一的房间。在这样一个相对自由的空间里，我顿时文思泉涌，小说就一篇一篇地写出来了。亲爱的伍尔芙引导着我，一步一步接近着自己的理想，使我在短期内丝毫没有怀疑自己对伍氏思想的肤浅理解和庸俗实用。

小小的空间有了。可是婚姻本身的问题很快就显露了出来。在特殊环境中，因特殊原因缔结的婚姻，完全就是撞大运，必然潜伏着婚姻危机。可是那时候，我年轻不懂事。竟然还以为争争吵吵那是婚姻生活必然的内容。并且以"有所得必然有所失"的理论一再说服自己，继续努力维持着婚姻生活。

忙忙碌碌的十几年过去了，其间也搬家几次了。依靠我自己的勤劳工作，我获得全国文学大奖，政府终于奖励给我住房了，感谢他们还知道作家的写作是最需要房间的。最后有一天，我定睛一看，发现自己不仅拥有了一间书房，还拥有了自己的一间卧室——这是我独自一个人的卧室——我在我的婚姻中找不到男人了！男人的身心早就已经离开了！

直到这个时候，我才恍然大悟：原来，伍尔芙的"女人需要一间自己的房间"，并不是指一个简单的空间意义。她说的是女人自己的心！尤其是在后来，看了关于伍尔芙的电影，我就更加明白，因此也就更加追悔莫及了。在电影《时时刻刻》里，我们看到，伍尔芙的丈夫，让她居住的简直是一幢豪宅。伍尔芙从来并且根本就没有缺乏过自己的房间。她根本而且从来就没有经历过中国女人的悲惨生活。她感受到的是人类空气当中，那些让女人窒息的因子。她是天生的悲悯者，她并不是因为她个人没有房间，而是她觉得在这个世界上，整个女性都没有足够的空间，而是文学上，没有谁注重表达女性的生活意义与思考意义。我总算明白了一点点！可是我在明白这一点点道理的时候，已经是"不知明镜里，何处得秋霜"了。我不是怕老，只是遗憾。遗憾自己为了一间女人的房间，就不明不白就把自己嫁出去了，一晃就是半辈子，似乎老得不那么值得。这是一个教训，一个年轻女孩子们不可忽略的教训。

我还是赞成以往的中国风俗习惯，女孩子应该有一间自己的闺房。嫁娶之事，还应该是男人们提供婚房，因为从生理上来说，男人就是比女人强壮有力，男人就是社会劳动的主力。就社会家庭繁衍后代之类的具体分工而言，这样的做法是很公平的。而爱情呢？根本不应该与具体的社会分工联系搅和在一起。女孩子的责任是：一定要想清楚自己的感情所在。要有自己的所思所想。要有自己的定力。要把女人自己的事情做好：勤俭持家，生儿育女，母仪家庭，支持社会——这就是女人自己的房间。

墙的秘密

房子最重要的是墙！这话听起来普通，说起来也容易，但是，真正认识到它的意义，可是不容易的。至少在我，也是用去了半辈子的时间。

小孩子对房子本身是没有感觉的，不管什么样的房子，只要和自家父母居住在一起，那都是他的家。我在少年时代开始注意到我们居住的房子，那是因为我有两个住所。有外公的老屋与父母的单位宿舍相对比较。因为宿舍是肯定比不过老屋的，老屋温暖，厚实，阔大，敞阳，历史悠久，曲折迂回，内容丰满，我们孩子们在这里可以找到许多的乐子。比如我们曾经把外婆的嫁衣从楼上的樟木箱子里翻找出来，踮脚站在床头，衣衫裙钗，一一试穿。因此，当我失去老屋的时刻，我自然就要把它镌刻在记忆里。此后，当我居住单位宿舍，当我居住乡村的泥巴墙屋子，当每一处住所都让我冷彻骨髓和酷热难当的时候，我都会想念从前的老屋。我会长久地观察四壁，用苛刻的目光挑剔它们的菲薄。

可是，没有人把我的话当真。在许多年里，没有谁挑剔住房的墙壁。人们都认为，他们家冬季的寒冷与夏季的炎热，都是武汉的气候造成的。当然，连我自己，我也曾经认为武汉的气候非常恶劣，夏日似火，冬日似冰。直到我走过了天南海北的地方；直到我去过了西藏、去过了新疆、去过了坝上、去过了云贵、去过了凉山；也去过了欧洲、去过了美洲、还去过了东南亚；直到近年，我还有机会讨教了气象学专家；直到这位专家告诉我：对大气云图多年的观测来看，武汉的气候一直在变好。季节分明且正常有序，酷热与寒冷，都在减弱。

在获得了以上所有感性认识以后，我从前的经验重新获得正视和肯定：还是墙壁的问题！我们的住房，墙壁太单薄了。它不能为我们提供有效的保暖和隔热。

现在我居住在城市边缘，是一座独栋小屋。我首先要说明的，该小屋不是别墅，是我日常生活的唯一居所。我还是要坚持正确的说法：独栋房子不一定是别墅。别墅一定是那种具有休假休闲功能的第二居所。房地产开发商以及政府房地产部门这么混淆视听地使用名词，无非要以"别墅"之名获得更高利润和收取更高的交易税。而在豪华名词之下，建造的还是偷工减料的简易房屋。至少我居住的房屋，就是这样的。

我的小屋与普通农房的简易并无二致。墙体单薄，屋顶也单薄，上无通风的老虎窗，下无地下架空层，所有的窗口都是四面缝隙，日夜漏风。春季热潮涌动的时候，家里的地面潮气，几可成溪，房屋之内，无一处不生霉长毛。寒暑两季，人就更不得安身。寒的时节，家里比外面更冷，我们经常会把午饭摆到太阳底下去吃。酷暑季节，家里比外面更热，我们还是会经常在户外吃饭。就算打开空调也没有多大改善，暖气和冷气都被随时随地散发掉，耗费了大量的电力，效果还是完全不理想。每当难过的季节，我总是念及公寓楼的诸多好处。

至少公寓楼的结构，使得每家每户，都拥有了多重的墙壁。

我时常围绕着我的小屋转来转去，上下端详，暗暗叫苦。眼看暗暗叫苦于事无补，便有一些苦则思变了。砖瓦已成房屋，怎么变法子呢？我不知道。不知道却也还是要想来想去的。近日气温降至零下，北风凛冽威严，我的小屋顿时像被扒掉了浑身的衣裳，北面的书房，打开空调一整天，人也还是要穿棉袄棉裤。这日早餐的时候，忽然我就忘记了吃东西，脑袋里面骤然亮光闪闪，许多纵横交错与沉浮混杂的念头唰唰接通与澄清，让我郑重地说出了这样一句话："夹墙！北面应该有夹墙。"

最重要的意义发生了。一个关于夹墙的秘密，事隔三十多年，忽然之间获得揭秘，顿时令我热泪盈眶。那是在"文化大革命"中，某一日，忽然涌来大群的红卫兵，喝令我们全家老小统统都从老屋里出来，集中在屋后的院子里。义愤填膺的红卫兵，一边高呼革命口号，一边挥起洋镐铁锤，当众劈开了我家北墙。让我们家年轻一代人都不敢相信的是：我们老屋北面的墙体居然是夹墙！夹墙宽至少半米，可侧身站人。我们家北面的夹墙里面，肯定是没有窝藏什么坏人的，却藏匿了许多的家庭隐私。这些隐私一一被红卫兵查抄出来，就摆在我们的眼前，有银圆，家谱，账本，债券，书籍，菩萨瓷像，戒指，玉镯子，皮楼，绣品，成套的细瓷餐具，等等，等等。这些物事全部都是革命群众公认的封资修的东西。我的祖辈，如果积极响应了毛主席的号召，如果是真正的无产阶级革命派，这些封资修的污垢，早在"文化大革命"初期，就应该被主动焚烧和砸烂了。一个喉结易动的红卫兵小将，挺身站在人群的中央，用雄辩的演讲狠狠揭露和批判了我的祖辈。他高频率滑动的喉结令人紧张和心慌，他对惊诧不已的革命群众说：看！我请你们仔细地清楚，这就是夹墙！这就是夹墙的秘密！这个秘密告诉我们，阶级斗争是多么复杂，封资修的余毒是多么顽固，在人群中还隐藏着多少貌似革命的反革命分子——他的话当场就被另外的红卫兵奋笔疾书，写成巨幅大字报，张贴在我们家的大门上，题目就是《看：夹墙的秘密！》。现场群情激昂，围观的群众愤怒了，他们不停地振臂高呼口号，把所有的东西都查抄走了。

我们家的年轻人，此前都被祖辈蒙在鼓里，此前都毫无疑问地认为我们的祖辈是世界上最规矩，最诚实和最善良的人，他们从来没有阻止我们参加革命运动，他们自己也都是每天向毛主席进行早请示晚汇报，尽管他们每天做的家务千篇一律，都是为孩子们做饭和做家务，他们仍然谦卑和恭敬地认为自己思想改造得不好，还要加强毛主席思想的学习。如此，他们怎么可能在家里偷偷造了夹墙并藏匿了这许多可耻的东西呢？极端的羞耻令我们无地自容，我们当场就站到了红卫兵一边。我们的祖辈，被孤立地在大众的对面，任批判、任斗争、任推搡、任质问，皆是垂头丧气，既无表情也无声音。

事后，在一日三餐的日常生活里，我的祖辈均以不可思议的漠然和容忍，面对了我们后辈的质询，谴责和鄙视。一直到他们去世，都没有进行任何申辩。

直至这个早晨，一个简单的事实就像每天升起的太阳一样，明朗地悬挂在我的天空。这个事实就是：我祖辈房屋北面的夹墙，完全就是建筑上的设计和生活上的用心。根据湖北的气候和建筑者的经验，他们把独栋房屋的北面墙体，造成夹墙，用以阻挡寒冷与炎热的入侵。原来我们家的老屋，就是比我后来所居住的任何宿舍都温暖，这是因为有好品质的墙，有这面独具匠心的夹墙！

原来，夹墙并不是为藏匿而造，而是造好了之后才发现它便于藏匿。夹墙的空间，根本目的就是隔热保暖，应付乱世却是一个意外的收获。我的祖辈，很简单，他们造得夹墙，就是想要这栋房屋可以庇护全家人几代人的冷暖。他们的忍辱含垢至死也不分辨，原来也就是想要与这栋房屋一样，庇护全家几代人的安危。因中国的灾祸，多从口出，古往今来，莫不如此。我的祖辈，唯有以绝对的默默为政治上的夹墙，想要为自己的后代遮风避雨。想必这就是我家夹墙的秘密，以及我祖辈的秘密吧？如今，经过了三十多年的岁月沧桑，我自己又遭遇了房屋单薄之苦，终于使我得以见事明心。只是这一刻，这样地姗姗来迟，我的祖辈已经早逝于"文化大革命"之中，我再是满腹歉疚再是热泪盈眶也无济于事了。我唯有把当年给予过他们的鄙视，转来给予我自己；再争取将他们的美德，踏踏实实地学习几分。

早餐以后，我裹上披肩，再一次绕着我的小屋走动，我看着北墙，就这样看着北墙，一直看到了我家老屋北面的夹墙。我再一次认定：我现在的小屋，太草率太简易太单薄了！看来我们迫切需要一道夹墙！将来我一定要设法建造一道夹墙——如果我没有办法再次搬迁的话。

不管词语怎么被时代改变，不管现在的人们把话说得多么花哨，不管再什么别墅，再什么欧陆风情，再什么华府至尊，总归我是明白的了，房屋就是房屋，它最大的秘密就在于墙体。品质最好的房屋，首先得有隔热保暖的墙体。我希望我们也能够像自己的祖辈那样，通过自己的辛勤劳动，能够购置到高品质的房子，让它为我们自己和我的子孙后代抵挡寒暑风雨。

好房子坏房子

不用说的，谁都想住好房子。然而什么是好房子呢？这就不是人人都知道的了。

什么样的房子是我的好房子呢？从我小时候开始，一直到我成家，我的认识都很简单朴实：那就是我外公的老屋。对于我来说，我外公的老屋就是世界上最好的房子。从感情上来说，我自己更喜欢这份单纯。这份深厚的单纯是我私人的永远。不过，我依然乐意见识世界上的各种房子，我也乐意承认许多房子的好，因为这是一个客观事实。

真正扩大眼界，见识好房子，那还是在九十年代以后，在我的作品逐渐被国外翻译出版开始。还是要首先说德国，德国的房屋和他们的居住方式，不仅仅是一个"好"字可以概括的，简直可以说是一种人与屋的完美。

我在波恩，小住过大约百年前丹麦王子的别墅。我去的那一年，记得波恩还是西柏林的首都，正准备迁都柏林。我在波恩料理出版方面的事务，便下榻于这栋别墅。从外表看去，这栋别墅不过就是参天古树掩映之下的一栋古建筑而已，外墙灰黑两色，与德国绝大多数建筑同样的肃穆沉着，并没有一丝夺目的色彩和特点，房屋也并不显得特别大。可是，进屋之后，内里乾坤却叫人大大吃惊。室内拱顶的优美，厚实壁板的绝妙的原木纹路，都不用说了，温暖是最令人好奇的。这是一个风雪天，我是穿的羽绒大衣，进屋以后，屋子里头的那种温暖，真正是如春天一般的，均匀，温润，无声无息，还无任何机器或者器具。并且我发现，连壁炉都还没有烧起来呢。原来，这是地暖。一种热油地暖。就是它，使得整栋房屋所有的地板和墙面，都是温暖的。地暖的机房，设计在地下室。我来到地下室的机房，看见这些几十年前的机器，居然一尘不染，铜螺丝是金黄，管道是银色，机油湿润油亮。这就是德国人的机械工艺和他们一丝不苟的认真精神。除了机房之外。地下室越来越开阔，越来越迂回宛转，空间之高远，几乎就令人忘掉这是在地下室了。这里有一座比赛标准的恒温游泳池和跳水台。与之匹配有精致的淋浴室，盥洗室和更衣室，还有休息室，书房，酒吧，另设吸烟室。太太小姐们若要单独聊天，特意配备了隐秘的小厅，设置的是丝绒软榻。地下室通风良好，空气清新，窗外照样有白雪映照和草木的摇曳。黄昏，我坐在暖烘烘的地板上，透过整面的玻璃墙壁，与院子里的冬日树木和夕阳残雪相对，栅栏外遛狗的老太太也是隐约可见，而摩泽尔河的葡萄酒，从酒窖拿出来，在我身边散发诱人的清香。入夜了，轻轻按一下遥控器，柔软细密如丝麻纺织品的金属卷帘，慢慢垂下，最后咔嗒一声自动锁定，一个安全无忧的睡梦，就可以开始了。并且这种卷帘，同时还具备纱窗的功能，在夏日，它会让夜风送进清凉。还有什么可挑剔的呢？这就是好房子了！石头墙壁，优质木料加上精工机械，给人提供了最舒适的生活环境。真是没说的了！

据说这栋房子近百年来，只是修葺不曾改建。大约仅仅只是金属卷帘和冰箱彩电，是现代社会的产物。

另一次，我应邀在德国的特图加特市举行小说朗诵会。那次居住在皇冠酒店，又是那种古建筑的老酒店。不用说，与我初次在杜伊斯堡旅馆的居住有着异曲同工的舒适和美好，只是更为豪华和热闹。而后来，我在特里尔大学演讲，居住在一间更小的老旅馆，却好似一个亲密的小家庭的，每天清早，我都会被老板娘亲手煮的咖啡的香气熏醒。夜晚，附近的德国人聚集在一楼的进餐室，他们用巨大玻璃杯喝啤酒和自家酿造的苹果酒，吃杯口粗的烤肠，配大块土豆，酣畅淋漓。生活在这里，流淌得平静而愉快。这个城市是马克思的家乡，马克思的家就在不远的街道上，我不止一次地去瞻仰过。不管马克思当年对资本主义是如何看待，在 180 年前，他父亲作为一个犹太律师，用自己这栋温暖高大的楼房迎接了儿子马克思的诞生，在当代的我们看来，马克思应该是幸福的。比起我们中国人，马克思一家是拥有好房子的。至于在后来，资本原始积累阶段的丑恶现象是怎样刺激了哲学家马克思，我们可以从他的著作当中去了解和认识。可惜的是，马克思的生命只有 65 年。在他去世之后的一百多年里，资本主义是如何纠正体制的缺陷，进而进入了一个蓬勃发展的阶段，马克思再也无法进行跟踪分析与研究书写了。而我们这些晚生后代，在他的家乡特里尔，看到的，是资本主义社会蓬勃发展中建筑的城市和房屋，是马克思家保留完好的老房子。不能不承认的是，特里尔是一个规划良好的文化古城，无论老房子还是新房子，基本都是温暖的好房子。令我不敢联想与比较。我们家那早已经荡然无存的老屋呢，那才真是生不逢时，命途多舛了。

现代的公寓，我在汉堡住过。我们开车到汉堡。一下高速公路，就在一片辽阔的树林里，进入了地下甬道。在地下甬道行走好一段路程，到达一个车库。停下车，上电梯，蓦然就到了自己公寓的家门口！

这是现代的高楼公寓。立体线条,大窗采光,抽水马桶,日本电器。房间也是居家套间,有大有小。却麻雀虽小,肝胆俱全。暖气,厨房设备,卫生间设备,电话电视,都已经配备妥当,绝对不允许各自敲掉再装。每栋楼设有公共洗衣房,各家都有钥匙,衣服可以随时送去洗涤和烘干。垃圾要在规定的时间送出去。房间与用具的修理与维护,皆有服务电话。保持居住安静和保持公共楼道的整洁成为每个人约定俗成的自觉行为。装修噪声,烹调油烟和打骂孩子与动物,被视为不道德的违法行为,人人发现都会报警。警察也会立刻赶来,罚款、罚做义工甚至逮捕拘留,毫不容情。在这里的居住安全方便省心,小车早早就进入了地下车库,根本就不可能在生活区横冲直撞。一幢幢灰色公寓与成片的树林草地花朵融合在一起,仿佛是一片光明而宁静的湖泊。这当然也是好房子。

记得那是1998圣诞节过后,我在巴黎与一家出版社签订了出版合同,然后乘坐火车,返回德国,来到了汉堡。汉堡还在圣诞休假之中,商场都还处于停业状态,大街小巷人烟稀少。趁这个闲暇,我便特意寻访了一片老居民区。和我们的城市一样,一般历史悠久的大城市,总归是有城市平民聚集居住的区域。他们的经济状况相对清贫,居住的房屋也相对矮小简陋和老旧了。

这是一条小巷,很窄很窄,只能行人,不能走车。我散步过去,慢慢走慢慢看。小巷子是石板路,打扫得干干净净。小巷两边是挨家挨户的玻璃窗,玻璃窗无论高低大小,一律都有一层镂空白纱帘子,而窗台上,绝对有装饰,或者盆花,或者风铃,或者玩具,也还有人家,挂上中国的红灯笼,或者日本的花纸扇。每逢巷道拐弯处,必有花草树木。哪怕一棵树,两蓬草,都是生机勃勃,是被人们在精心呵护的模样。一根原木支柱,支撑着一面歪斜的墙壁,这根柱子却光滑无尘,上面吊坠着小天使,还系上了一束花草和圣诞花环。不知道哪家的孩子，把自己的气球也拴在这里，乳白色的大气球，上面画了幼稚的图画，写上了祝福，还签上了自己的名字。我与一位老妇人在窄巷里迎面相遇，她挽着藤篮子，篮子上面盖着包袱皮，从飘散的香气不难猜测，篮子里头应该是刚刚烤出来的蛋糕了。她也许是去看朋友吧。老妇人与我擦肩而过，好像我是她的老熟人一样，点头问候了一声早上好。而另一位中年妇女，我只是看到了她的后背和屁股。她戴着橡胶手套，撅着屁股，跪在地上刷地，从他们家里一直刷到了外面小道的石板上。只要谁家有小小的园子，几乎都可以看见男人们在修剪或者扎好篱笆。如此，长长的蜿蜒的一条背街小巷，几乎都是挂满岁月风尘的老房屋，作为居住，也许算不上好房子了。然而，因为勤劳，因为善意，因为酷爱整洁，因为珍惜家园，人们的神情里头，表现出来的，却还是无限的好。那么，我想，这也应该属于好房子了。有时候，好的居住就是好房子。好的房子，如果没有好的居住，那也就算不得好房子了。因为好房子已经被人糟蹋了。

转出巷子口，有两家小店子开着。一家是土耳其人的蔬菜商店，一家是中国人的快餐店。土耳其人的蔬菜商店零乱散漫得够可以了。中国人店里，坐堂的是一对中年女男女，看样子是老板夫妇。他们神情漠然，男人伏在椅背上吸烟，女人独自在柜台上用扑克牌玩算命游戏。店堂地面的瓷砖，一块块污渍，肮脏不堪，角落还有揉乱的纸团。桌椅和柜台，随处可见油腻。一只酱油包装箱，撕开着口子，到处洒着酱油斑点，就那么随便地放在楼梯口。连店堂供奉的一尊财神菩萨，金妆上也沾满了香灰。是吃饭的吗？不是的。不是的就一副厌恶你的脸色，这是要赶你走的意思。我还能说什么呢？我就是中国人，我不愿意贬低我们自己。可是我能说什么呢？这是街面上的店铺房子，建筑形式挺好看的，想必质量也一定不错，德国政府还会定期进行外墙的洗刷。但是，显然，我们看到这种状态的居住方式，能夸这里是一处好房子吗？

单薄的茅草棚子，板壁房，泥坯房，无法遮挡风雨和寒暑的所有房子，都是坏房子。反之，凡是稳稳立足大地，保证了建筑质量的房子，都是好房子——这还只是一个层面的好。是说房子本身的好，说的是空房子。空房子再好，还是谈不上好。没有人居住的房子，是没有意义没有血肉的建筑。从这个层面说来，没有不好的房子，只有不好的居住。名副其实的好房子，是要有一个好的居住方式。

什么才是好的居住方式呢？其实并不是德国才有，也并不是欧洲才有，我们自己的老祖宗，是早就有的。从前我们的居住，讲究门第向阳，窗明几净，爱屋及乌；还讲究规矩方圆，兰室幽香；家中的主妇，我们讲究勤谨大方，有风有化，宜室宜家。家中男主人，我们讲究德行操守，善者修缘，兰薰桂馥；我们的厨房烹饪，讲究食不厌精，脍不厌细；我们的邻里之间，讲究与善人居，如入兰芷之室；讲究远亲不如近邻。这些讲究都是一个字，一个"好"字。从前老人教诲我们：人要讲好。就是说凡事要懂得讲究一个"好"字。安居乐业，尤其如此。可惜的是，在我们一代代的后代人手中，许多优良与优美的讲究，都渐渐被摧毁，渐渐失传了。现在，我们的经济是大大地发展了一步，懂得讲好的人，却是大大减少了。一些人有大把钞票，可以不断买房子，把新房子买来就胡乱拆卸装修，照着豪华酒店去整，照着时髦显摆去整，把小车耀武扬威地开进生活小区，在人行道上就停车挡道，从家里吭吭地往外吐痰。至于自家的动静是否干扰和吵闹了邻居，他才不管呢。治家为何物？善意为何物？敬意为何物？公共的居住环境为何物？邻居的安宁与环境清洁为何物？人家是一概不知不晓也一概不去理会的。这样的人，丑陋粗鄙，无论他们居住的是怎样的房子，也只能称为坏房子了。

咸安坊的树和法国的浪漫主义

只因武汉是我的家，居住越久感情越深；还因武汉是我写作的载体，那大街小巷的转悠和走访，便是我多年的生活习惯。

这个夏天，偶尔得了一个机会，我又去汉口咸安坊看了看。尽管就在江汉路步行街的背后，尽管四周日益矗立起高楼大厦，咸安坊依旧还是咸安坊，还是里弄式的石库门民居，还是上个世纪初叶汉口大兴里弄建筑的纪念与缩影，只是现今已然尘满面鬓如霜了。咸安坊不仅仅是衰老了，更是多年来的破坏性居住严重戕害它。一次次走进咸安坊，一次次发现这里越发拥挤臃肿，越发乱搭乱盖，越发凌乱不堪。这里随意牵扯电线，随意安装防盗门窗，随意在墙上钉上牛奶箱和信报箱，衣物也是随意晾晒。污水沟也许早已进堵塞，大热天的里弄一股酸腐污浊之气。假如有人具有特别的胆识，投入巨资，咸安坊还是有可能焕发青春的，就像上海的新世界一样。毕竟，武汉三镇，唯有汉口才有这种典型的石库门里弄。毕竟，汉口老城区曾经拥有的两百多条里弄，三千多栋房屋，皆已纷纷败落和残缺，也就数咸安坊还算比较完整了。毕竟，石库门里弄还是具有高度历史审美价值的，它是本世纪初的一次史无前例的辉煌，它的出现，横扫此前的板壁房民居，把武汉尤其是汉口推上了城市化的高峰。如今，中国又出现了新一轮的现代城市建设高潮，那么，石库门里弄的建筑完全就可以成为历史之美了。新旧的辉煌交相辉映，这会使一个城市的文明深度增添无限的层次感与厚重感。建筑是立体的诉说，这是别种诉说不可替代的。当然，秀才遇上兵，有理说不清。作为一介书生，我也只能是发发感慨而已了。咸安坊并不会因为我的感慨而得救，我呢，也只能是经常过来走走看看，默默目送它在岁月的周而复始中被慢慢凌迟处死。

这次来到咸安坊，有幸走进了咸安坊最大的一栋楼房，也是唯一一家独门独院，据说是当年的房地产老板，为自己，在里弄最深处建造的家园。果然是好房子啊！几乎完全是西洋式的，高高的空间，厚实的砖石墙体，厚实的木质地板，转角楼梯直达顶楼，顶楼有宽敞的晒台。起居室，卧室，卫生间，厨房样样齐备。格子玻璃的大窗户，空花玻璃的大房门，房门把手，皆是精致的黄铜浇铸雕花。直到几年前，家里还有年轻人在这里结婚，花几天的工夫，将门把手擦拭出来了，依旧是富贵华丽的金色，依旧是那样明净耀眼。

可是，那又怎么样呢？年轻人还是离开老屋，搬迁到新建的生活小区去了。年轻人谁能忍受咸安坊的老朽、拥挤与破败呢？然而，搬迁到新区了，对咸安坊的怀念却是无法消弭的。汉口人，对于汉口市区的居住，对于出门就可以享受汉口的繁荣，那是永远的自豪、自得与向往。不过，遗憾也还是那样的沉重，原来咸安坊里弄，房屋毗连而生，地面水泥铺就，里弄里几乎是寸草不长的。窗台与阶前的盆花，是这些正宗的城市人，与大自然唯一的沟通和慰藉。这一次，我进入了这个独院，才发现，在这个巴掌大的院落里，居然保留下来了一棵大树。就这一棵树，也还是主人家费尽苦心，奋力抗争，好不容易让它得以存活到今天。可怜一棵大树，被围困在高墙之内，孤零零地守护在主人的窗前。可以见得，主人家还是喜欢花草树木的，还是憧憬大自然环境的。这棵大树的迎风摆动，也好比是对遗憾与委屈的一种诉说了。想必主人家再自豪也还是有遗憾的，让一棵孤独的树去说吧，自己不说也罢。

居住的自然环境，实在太重要了。甚至其重要性，超过了住房本身。因为自然环境是居住内容的延伸。因为户外的大自然，永远是动物最好的活动场所，因为我们归根结底是动物。我早年的几次搬迁，尤其奖励分配的住房搬迁，必然受到许多限制，基本是政府给你什么样的房子，你就得居住什么样的房子。可是，我就是不甘心。我就是想要户外的自然环境。我不顾人家的脸色，请求房地局让我多看几处房子。尽管都是或者顶天，或者立地的最差楼层，我宁可累死累活地奔走，一处一处地看，就是要选择一个相对好一点点的户外环境。为了居住环境，我愿意放弃住房面积。为了环境，我居然选择了汉西的常码头生活小区，那时候连公路都没有修好，交通都没有公共汽车。仅仅因为，那是一个新的生活小区，小区里绿化不错，有几处街心花园。当时，我被同事们评价为傻子。

现在，十几年过去了。我发现，现在人们买房子，也都十分注重楼盘的自然环境了。想必当年我的傻，还是傻得有道理的。幸好后来我的作品在法国频频翻译出版，我也就频频与法国人打交道。在打交道的过程中，我发现他们对于居住环境的选择，比我更傻，因此我也就得到了莫大的安慰。

不过，法国人的傻，不叫傻，叫浪漫。而且似乎法国人都比较傻，因此就形成了浪漫主义。我的一个朋友叫雷娜。雷娜的弟弟，是一个奶酪工程师，制作奶酪的，在城市中心上班，也曾经在城市居住过。近年来，随着人的成熟，浪漫主义是愈发地执着了。在远离市区的地方，一个叫作"十个人的村庄"的村庄，购买了一群颓败的老房子。何为一群？有一幢居室正宅，有一栋面包房，有一座大仓库，还有一栋说不清当年是做什么用途的大屋，反正进去就是一个巨大的厅。这是一群古建筑，早就荒芜在那里。法国政府很聪明，对于这些不具有特别文物价值的古老建筑，他们愿意廉价出售给个人，条件是只要你修复原貌。我的这位同时代人，就把这一群破房子给买了。他每星期开车进城上班三天，之后的四天，全部用于修复这群老屋。

那天，雷娜说在我们一番紧张的工作之后，应该有一个放松。于是雷娜开车，我们去了十个人的村庄。雷娜的弟弟，这个朝气蓬勃的法国小伙子，高兴极了，带领我们参观他的领地。首先，他已经为自己建造了一间现代化楼的木屋。他独自奢侈地享用着散发木香的屋子，屋子里到处是书籍，还有他喜欢的非洲丛林鼓，还有洞箫和其他乐器。小伙子十分认真地许诺，说是如果我觉得在这里有写作灵感，那么他同意将整个二楼提供给我居住。他不吝啬居住空间，他的居住空间太富裕了。我们一一参观了他正在修复的老房子。因为一切都是他自己慢慢地做，所以他的建筑工具已经装满了整整一个大仓库，包括起重机，吊车，车床和拖拉机。他还开辟了蔬菜地，自己种菜自己吃。他用院子里采摘的西红柿款待我们。他还养了五头黑羊，专门用于啃吃院子里的草皮，因此他的院子，就不用他自己打草了，也不必使用打草机械了——这是我头一次看见的最新颖的打草方式，我觉得只有法国人才想得出来和做得出来。

这一天，我们过得非常放松和开心。小伙子为我们表演各种乐器，我们不禁手舞足蹈。这里临近大海，在海天之处，有十分特别的云朵，多年来吸引着数不清的画家和观光客。这些云朵异常地大块，缓慢地流动变形，色泽多变且神秘莫测。我们去海边看了一会儿云朵。回头吃了小伙子特意为我们做的米饭。这个村庄何其空旷，哪里有十个人呢？除了雷娜的弟弟，我们再也没有见到另外的人。是的，没有什么别人，只有寂静的村庄，寥寥的房屋，成片的森林和满地的鲜花野草。这是季节的原因。春天还不是度假的季节，只有到大热天了，度假的日子到了，其他的几户人家，才会来到这里。他们一边享受海边的假日，一边修缮他们的房屋。正因为村庄如此空漠，雷娜的弟弟才如此欢喜和迷恋。他好像是一个拥有了幅员辽阔领土的国王，非常自得其乐。浪漫到如此程度，我们是望尘莫及的了。

我的另一个友人，我为她取名方素娃。是根据她法国姓氏"弗朗索瓦"的谐音取的。方素娃居住在市中心，一栋祖传的小洋楼。地面两层，地下有一个地下室。房子的居住面积并不大，一楼是客厅，饭厅，过道和卫生间，楼上也只有两间卧室和一间卫生间。当她的孩子们幼小的时候，家里还是比较拥挤的，地下室也要当卧室使用。城市的扩大，使得他们家的屋后院子变成了大街人行道。作为补偿，政府允许他们家改建房屋，可以朝前面的院子扩展。方素娃他们夫妇坚决不扩展。他们宁可要门前那片不算大的院落，也不要政策优惠的私房扩建。他们宁可长期居住地下室，等待孩子们长到十八岁。终于漫长的日子过去了，孩子一个个到了十八岁就出门独立居住了，这时候他们头发都斑白了。可是，他们一点不后悔，一点不抱怨，他们认为最美好的是：他们的院落保留下来了，他们那些生长了多年的植物依然在蓬勃生长，他们在院落里享受了无限的阳光、雨露和新鲜空气，院落给他们提供了无数个安坐饮茶、凝神静思的美好时光，他们家好动的大黑狗，也得以有一片土地尽情玩耍，因而延年益寿。

而我的另一位牙医朋友呢？因为职业的缘故，不得不居住在闹市区一家大超市对面的公寓楼。完全是当代时兴的那种三居室，生活极其方便。生活小区自然环境也很好。小区绿化面积很大，花草繁茂，散步绝对安全自在，因为小车统统进入地下车库，小区里头绝对无车行走。可是这位老兄，却因为这种居住方式，大肆感叹生活的痛苦。因此，他不放过所有的休假。一年差不多只是工作二分之一的时间。其他时间呢，全部用于旅行。亚非拉美各大洲，只要是自然生态好的地方，皆是他已经涉足和计划涉足的地方。他家里所有的墙壁包括厕所，挂满了他在旅途中拍摄的照片。有些照片堪称绝美或者绝妙，若是送出去参加摄影展，很有可能获奖。可是人家根本不屑于什么参展之类的活动。他只有一个目的，就是要把大自然留住在他身边。而经费呢？来自半年的牙医工作。他赚了一些钱就出门旅行，行囊空空了，再返回城市工作赚钱。

这就是法国人。他们就是浪漫地生活。我将我所有的朋友和熟人的家居比较了一下，发现他们没有一家是同样的装修，没有一家是同样的风格，没有一家的摆设比如电视机，放在居室同样的地方。无论性格外向或者内敛，每人家里都充满了个性。只是对于大自然，那是都喜欢的。喜欢的方式却还是每个人自己的。在法国西部有一个叫作"那夜"的小镇，家家户户都偌大的子，院子里的板栗熟透了自己纷纷落下来。我在镇子的中心广场，看见一个老太太开车过来，颤巍巍地，吃力地打开后备箱，结果她只是特意来送垃圾的。她连等待垃圾车的耐心都没有了，就是因为她太珍爱自家院子包括院子门口的植物，这些地方是都不能放垃圾的。因此她宁愿破费自己的小车和汽油，也要把垃圾直接送到镇子中心的大垃圾桶。老太太是太有钱了不在乎吗？不是。老太太不是富翁，还节俭得出名。她使用的毛毯，还是"二战"时候留下来的。她再把各种穿小用旧的毛线衣拆开，用毛线针，针织一块毛线毯，与洗薄了的毛毯缝合在一起，套上一个被套，这就可以继续使用了。后来，我特意去参观了这块毛毯。我摸了摸，很特别，的确，也很暖和。这块毛毯向我证实了老太太节俭的美德，而她的小车，又向我证明了她老人家固执的浪漫。

最后我要说的是，我在法国，曾想起过咸安坊的树。我在咸安坊，也曾想起我所有外国友人那些美好的居住。叹息也是难免的。不过，近些年新建的生活小区，新的民居楼盘，质量意识和环境意识都进步飞快，比之从前，已然不可同日而语。至少我个人，现在已经再一次地，从我们家老屋的废墟上，生发出了许多新希望和新梦想。关于房屋与居住的希望和梦想，终归是一个经磨历劫却还绵绵不断的梦想，终归是中国人子子孙孙的美好希望。

闻香识小说

　　那是一个寒冷的夜晚。如果不是 1989 年的冬天，就是 1990 年的早春。我记不住准确的时间了。我记得的是时间以外的东西。夜晚，寒冷，台灯不太明亮，玻璃窗缝隙里的风像刀片一样尖利，楼上的人家，在临睡之前弄倒了一只椅子，隔着不厚的水泥预制板，正好砸在我的头上。就是在那样的一个夜里，通宵的阅读使我捧书的双手冻得冰凉冰凉。最后，这冰凉的双手没有地方取暖，我让它们捧住了我的脸，我的脸又热又红，这是因为阅读的震撼和激动。我阅读的是弗拉基米尔·纳博科夫的小说《洛丽塔》。

　　初次阅读《洛丽塔》的记忆将永不消失。季节的纹理沉淀在小说的边缘，有声有色，成为一段令人陶醉的美丽人生。一部小说，诱惑得人彻夜无眠，这就是好小说！能够使读者陶醉、入迷和疯狂，我相信这就是小说的最高价值所在。

　　好小说不存在唯一的评价标准。不仅仅只给读者某种单一的感觉灌输。现在回头望一望，也许会觉得事情很可笑。从前我们认为什么是好小说呢？有道德教育意义和道德规范意义的是好小说。有英雄人物和好人的是好小说。有指导和激励健康人生作用的是好小说。有揭露万恶旧社会的是好小说。在"四人帮"被打倒之后，中国迎来了思想解放的第一阵春风，好小说的范围扩大了一些，描写平常人物的小说，具有理论思考的小说和具有探索姿态的小说也被逐渐认可。还有，现在不用回头也觉得很可笑的是，除了以上标准继续存在之外，狭隘的个性主义随着经济的改革开放，断章取义地来到了我们的文化生活中。现在又有了一种标准：自己的小说和与自己意气相投的人的小说，就是好小说。

固然，以上所有的标准都是某一部分读者的标准，它们作为事实而存在。但是，所有这些标准难道不还是太狭隘了吗？显而易见，这些标准除了少数太幼稚的之外，其他的更接近教科书而不是文学作品。

就像《洛丽塔》，它给予我们的是非常复杂的阅读体验。生活隐秘的一面，人类天性的阴暗处，天生的少女小妖精，料事精确的精神病患者，人生许多阶段与时刻必将出现的心态，窥视他人与正视自己，揣度、试探、忐忑不安、战栗、激情、焦灼、疯狂，等等，等等。尽管是翻译小说，尽管纳博科夫最拿手的写作语言是俄语，尽管与我们见面的《洛丽塔》既不是俄语，也不是英语，只是也只能是汉语。也就是说，尽管丧失了大量原始作品的语言感觉，我们还是间接地领教了纳博科夫的小说功夫。纳博科夫就像一个非常懂得穿着打扮的女人，他用最恰当的语言，最恰当的内心韵律，匹配了最合适的内容。还有作家对日常事物非常独到的眼光和领悟，引领了读者在生活中的前行。潜意识在那里流动，隐秘的通道在那里召唤，阅读者无法舍弃每一行文字。这就是好小说！《洛丽塔》写不健康的人和不健康的意识，但是，它是一部好小说。正如纳博科夫自己所说的：让我们享受一段审美快感。审美快感是人类生命中最美妙的精神生活。最好的小说当然就应该是能够使读者获得这种享受。

所以，我认为，好的小说首先应该非常感性，它应该诱惑读者，刺激读者，使读者在小说的暗示下，体味他自己的生命经验，发挥他自己超常的想象能力，从而愉悦他，成熟他，丰富他，提高他。好的小说当然是应该有思想的。这思想是一种神秘的无声的传达。有时候会令读者除了叫好之外，无话可说，酷似接受一种神秘的暗示。如果思想简单直白地流露在小说的字里行间，让人一读，满口滚动思想名词。这就有卖弄的嫌疑和醉翁之意不在酒的嫌疑了。就好比世俗的气功大师，他们并不是教人练气功，而是引诱人们认可他自己是气功大师。

实质上小说就是小说，小说首先是好看不好看的问题。小说与所有的艺术品一样，与花朵，舞蹈，绘画，雕塑一样。其要素便是它是否好看和迷人。我们不能坏习惯地一看见红色的花朵，就猜测它暗示着革命与暴烈行为。一看见裸体绘画和雕塑，就指责它在怂恿人们摒弃衣服。一发现世界上有那么多人被《天鹅湖》舞剧所吸引，就怀疑它是在通俗而堕落。中国虽然有几千年的封建社会，毕竟现在也穿牛仔裤，超短裙和西装了。

当年，《洛丽塔》的出版也是引起过巨大风波的。不管怎么说，不管有多少非议，也不管经历了多少曲折，1955 年出生的《洛丽塔》到现在还强烈地诱惑着我们，诱惑着全世界十几种文字的读者。是读者的热爱使《洛丽塔》成为名著与经典。由此见得，只有好小说才能够成为真正的名著，真正的名著都应该是畅销的。如果没有广泛的知名度，如果没有广泛地影响人类社会，深入人心，何谈名著呢？如果一定要问小说本身要负责解决什么问题的话，我想，小说要负责解决的是自身的魅力问题。好小说要妖娆动人。要拥有超越时代的风韵和魅力。要像越陈越香的好酒，任何时候开坛，都能够香得醉人。

怀着夏日母性的心肠成为一棵树

今年我的阅读，是一个饱满的阅读，饱满到简直无须依靠记忆来提醒，我开口就可以背诵埃乌热尼奥·德·安德拉德的诗：

> 树啊，树。
> 有一天我要怀着
> 夏日母性的心肠
> 成为一棵树。
> 花脖子的鸽子
> 宣告我的新生。

20 世纪 70 年代初的一天，应我密友的邀请，怀着一个激动人心的悬念，我们逃学出来，去看电视。那时候，电视还是一个神秘的传说。密友的母亲在电信局微波站工作，她许诺让我们偷偷进入机房看看什么是电视机。并没有发现他人的监视，但是我们感觉监视无处不在，在进入微波站的时候，还是竭力装得安分守己，若无其事。密友母亲的出现，无疑大大增加了我们第一次看电视的紧张程度。她一发现我们就大声喝责道："小孩子到这里来干什么！"这是说给别人听的。随后，她四处瞧瞧。只有鸟儿在微波站繁茂的大树枝头叽叽喳喳。母亲这才把亲切的眼神给予我们。电视机到底是一个什么东西啊！我们蹑手蹑脚，一丝不苟地按照母亲的示意，在衣帽间换好拖鞋，穿好戴帽子的防尘服。母亲推开一扇厚重的隔音门，我们悄悄溜了进去。在许多仪器中间，一只在造型上并无特别之处的箱子，被母亲掀开丝绒防尘罩，袒露在我们面前。母亲压低声音说："我把电源接通之后，屏幕上就可以显现图像了。"

密友兴奋而得意地看了我一眼，说："显现图像啊！"然而，"显现图像"这四个字对我是枯燥的。枯燥的气氛越来越强烈，我们耐心地坐在仪器堆里，等待母亲的接收成功。而屏幕上烟雨迷蒙，一片嘈杂之音。于是，我生平第一次看电视，穿得像一个防化女特务，心情也像一个潜入敌后却还不知道任务所在的女特务。终于，有人影晃动了。慢慢看着，看出了是芭蕾舞剧《白毛女》。一个黑白两色的恍惚的喜儿，在屏幕上恍惚地舞蹈。我的同学惊喜地尖叫了，我却没有。

——我是要说，从上世纪70年代初的那一刻开始，我就没有喜欢过电视直至今天。今天我几乎就不看电视了。对于电脑网络带来的巨大信息量和这些信息对于人类生活方式的改变，我的接受非常有限。我只是看看新闻和使用电子邮件。它们的机械性和泛滥性，使得我更加坚定不移地喜欢阅读纸质的方式。我感觉只有阅读纸质才是属于个人的享受，纸质书籍在时间上随时随地，在地点上随时随地，在心情上随时随地，更绝对不会被强行拖一根长长的电线尾巴。

安德拉德是葡萄牙当代诗人，其诗句隐含着诗人对当代生活的洞见，穿越浮尘飘逸而出，晶莹之光闪烁不停，带给我一个不可名状的内心世界，以及我想要的、一个属于自己的、一个与我的动物本质更加亲和的现世社会。手捧《安德拉德诗选》，在阳光下或者床头灯下，自由翻阅，期待妙语，享受共鸣，思绪万千，优良的纸质与自己的手指摩挲，发出轻风的沙沙声，就这样《安德拉德诗选》成为我2005年的最深记忆。

今年，只要有朋友聊起阅读，那么我向朋友力荐的一本书是《伯林谈话录》。译林出版社2002年4月出版。作为犹太人的英国哲学家以赛亚·伯林，极力倡导当代多元主义，逐渐成为实践哲学的强音。我们经历了有史以来最糟糕的世纪，刚刚过去的这个世纪，人类理性劈裂，无辜者惨遭到野蛮杀戮和伤害，恐怖遍及全球。而伯林的哲学，会带给我们更清晰的思考，更深刻的感受，满怀希望并且相信生命。就连他自己的生活方式，也在倡导和证明活得轻松和简单的好处。伯林思想可以并将成为人类建设和谐社会最重要的思想方式和生活方式，这一点我深信不疑。对于伯林哲学思想的阅读，我们会获得有力的唤醒和明晰的思想清理，这一点我也深信不疑。

缓缓通过生命之廊

　　静静的，立在光亮的边缘，那里是并不黑暗的暗处，正好可以清晰地看见世界的纹理；悄悄地，窥视、靠近、理解、体会并穿越他人的生命，那就是自己的成长。

　　原来我一直以为，成长是孩子的事情，是年轻人的事情，有一天却羞愧地发现，成长更是成年人的事情，因为成年人最容易自以为成熟，自以为有经验，自以为有经历，自以为有地位，自以为有关系，自以为事业有成，自以为有三朋四友，自以为条条道路都已经通达，成年人一旦有了这样的自我感觉和自我意识，表情就很自以为是了，常常是一脸的愚顸，一脸的蠢相，一脸的风尘和一脸的脏。对于成年人来说，停顿就是退步；退步就只能困守；困守就只能焦虑着，急躁着，无耻地依赖经验混饭吃，即便表面风光，实际还是活得很乱，不安稳，不妥帖，不生长新的美丽。有一天，我在深夜的噩梦中惊醒，大汗淋漓。我面对黑暗发誓，我的生命不能这样涂炭。我要安稳，要妥帖，要时时刻刻能够生长新的美丽。

因此，我写了小说《托尔斯泰围巾》。我写这样的小说，就是在缓缓通过生命之廊。

向棉花学习

世界上总是有一些事物，不管你怎么说，它还是有客观标准的，比如对于文学作品来说，广大读者就是一个真实的存在；在十几年，二十几年，三十几年，五十几年乃至更长远的时间里，某部作品某个作家一直拥有读者，那就是一种摸得着的事实。现在我们生活在一个很难摸着事实的社会环境里，比如我想为自己的书写几句前面的话，都有点摸不着，不知从哪儿说起。但是，一想到我是在对我的读者说话，我就找到一点心理依据了。有个踏踏实实的对象说话，是有幸福感的。我想借用这种幸福感，来抵挡我反复被嘲弄的不幸之感。

以前我总是以为，最容易受到嘲弄的是小孩和老人。我现在既不是小孩了，也还不足以自称老人，因此我放松了警惕，结果发现，生活给予我的嘲弄，又多又重，反复刷新，让你欲哭无泪。现在，每当傍晚，我独自坐在阳台上，望着长满野草的前方发呆的时候，我就懂得要批评自己了。我要批评自己的中年幼稚和中年的自以为是：人家小孩之所以受到嘲弄，那是因为那个小孩可爱；人家老人之所以受到嘲弄，那是因为那个老人宽厚；唯独我们这个年纪遭遇的嘲弄，与我们本身是否可爱或者宽容无关，只要你的存在让别人不舒服，别人就要嘲弄你，而这个时候的嘲弄——就像鲁迅先生发明的话那样——是投枪和匕首。不过我们无法变成鲁迅，甚至无法仿效鲁迅的脾气，因为鲁迅是中国敢于硬刚的唯一。

好在处理事情的方式总是多种多样，我们做不了鲁迅，我们可以做棉花，棉花具有天然的品质，又不会说话，还是软绵绵的，任何投枪与匕首，遇上棉花也是没有劲头的了。棉花只管自己春种秋收，开花结果，造福于人类，用自己独特的方式进行自己信仰的表达。做棉花其实很好，当然，也很困难，关键我们还是一个有血有肉的人，五谷杂粮，六根不净，实在难以免俗，不过试一试，修养修养，努力学习做一朵棉花，总是可以的吧？

以上的心情与感觉，就是编辑这本书的心情与感觉了。1999年的秋天，长江文艺出版社建议我出版一本《池莉小说精选》，当时有一个很直接的理由，就是：我的作品的各种盗版精选本太多了。当时的盗版书，制作质量很差，大量错别字，大量缺漏段落，我一想起这些盗版小说给予读者的那种"池莉"形象，就不寒而栗，于是我欣然同意正规出版一本自己的小说精选。《池莉文集》（七卷本）在那儿慢慢地不断地重印着，再出版精选有违我"不重复出版小说"的自律律条，但是被盗版冲击成这个样子，也只好来一点随机应变了。然而，《池莉小说精选》出版之后，本身就带来了大量盗版——这就是嘲弄之一；嘲弄之二是：最近这两三年来，人家干脆都懒得盗版了，等你慢慢写，嫌慢，还嫌不好看。现在科技发达，电脑有迅捷的文字处理功能，网上有大量的色情文章，还有那些网恋家们在网上肆无忌惮赤膊上阵滥淫滥俗的谈情说爱，加上简便的激光照排，只要雇用一个会打字的小姑娘，就可以胡乱剪贴编写出一本本下流色情的书籍来，然后自己取一个书名，然后仅仅只是在作者署名的地方写上他们想要的作家姓名就够了。从街头书店到机场书摊，从国内到国外，我都看到自己的假书以及由于假书发生的评论以及由于假书发生的国内外读者的质问，我怎么办？打110报警吗？当然不会。我只有苦笑的力气了。

过去流行过一句歌颂新社会的顺口溜，说是：旧社会把人变成鬼，新社会把鬼变成人。发展到现在，如果一个社会科技高度发达而法律与道德水准低下，那就把大家变成人不人，鬼不鬼了，很难把握自己是谁了。

不管了。不管有无盗版，不管假书有多少，我还是慢慢写自己的，慢慢出版自己的。这一本《池莉小说精选之二》，就照样地出版吧。是我的读者，终究会知道什么是我的正版书和真书。我相信，我和真正喜欢我的读者，长期阅读下来，一定会有感觉的。是真书？是假书？咱们就玄乎一点，由着缘分吧。

至于将来，我被各种阅读和印象塑造成一个怎样的作家，无所谓了。我才不相信将来呢。

怀疑台湾

当我在 1998 年的秋天，踏上台湾这个美丽的海岛时，我才惊讶地发现，新闻文字具有多么大的局限性；我的亲睹与亲历，与以前文字传达给我的一切，都是多么的不同。台湾的中国茶，台湾出版的中文书籍，台湾人气质里头那份中国传统文化的温文尔雅，这三种东西，美好得超出了我的想象，或者说，长久以来，忧伤地蛰伏在我内心深处的一种生活要求与理想，在台湾，我劈头就遇上了。我的感动与震惊，在回到大陆之后，愈加浓烈；一种别样的遗憾，也就随之愈加浓烈了。这种别样的遗憾是：同样的文字同样的文化同样的饮食却培育出了那么不同的中国人！人的生态环境，原来是如此微妙、狭小和苛刻啊！

于是，我看见，我的小说，在台湾，印制得非常精美。精美得让我十分喜悦。然而，却又生出了另外的遗憾：它们静静地躺在书店一角，蒙了薄薄的灰尘，就像一层轻轻的面纱，遮挡在我与台湾读者之间。我寂寥地想：在台湾，大约不会有多少人读我的小说吧。而在大陆，状况是多么的不同。在大陆，我的读者可以很快地嗅到我作品本身的气息，十几年来，他们紧紧跟随着我，就像跟随季节一样不会错过。我的许多书，在书店里，是匆匆过客，往往还带着墨香，就被读者接到他们的家中，在他们的个人世界里，我们开始认识与颠覆着中国大陆的历史与现实，辨析和摸索着我们自己的生命由来与轨迹，我写作的意义便由读者做了最后的完成。在大陆，静静躲在一个角落经常蒙满灰尘的是我自己，而不是我的作品。而对于我来说，最大的遗憾就是书籍印制得太不精美，校对错误太多，连给朋友送书都有点不好意思。偏巧的是，作为一个作家，最在乎的也就是自己的书了，于是，我一直都怀着十分幼稚的希望：什么时候，人生的遗憾可以少一点呢？

《水与火的缠绵》是我的第一本超过20万字的长篇小说。它于去年5月份在北京出版，到目前为止，其正版图书，发行到20万册。这是一个不算很大的发行量，也是一个不算很小的发行量。对于我来说，我觉得够了。我写的是一代青年的青春成长和与之同时的城市成长。写我们生命的皱褶，写皱褶里头的苦涩和光芒，写无可替代的人生经验被我们的生命一再地无奈地重复与消耗，写许多深深蛰伏在我们心田的生活要求和理想。只要我想想至少有20万人在与我一道咀嚼这些人生的体会和领悟，对于书籍印制粗糙的遗憾便又被遮蔽了许多。现在，台湾二鱼文化事业有限公司要出版这部长篇小说了，我坚信将会有一部印制精美的小说面世。我的喜悦，现在就充满在期待之中。稍有不安的是，我不知道《水与火的缠绵》在台湾，是否也会像我的其他小说一样，精美但是寂寞。对于寂寞，我自己倒是无所谓的，因为出版的过程，首先就有了许多同人在咀嚼我的小说，这就非常好了。我的小小的不安，那是替出版方的一点担忧，毕竟出版是一种商业行为。但是出版方一定比我更清楚他们在做什么以及做这件事情的意义。他们在弥补作者与读者的遗憾，在架设台湾与大陆共同的审美观念，在扩展我们生态环境的狭小，在为我们提供阅读的多种可能性。不过，最终我还是怀疑台湾能否阅读我的文字，也正因为我到过台湾。正因为台湾是一个美丽的海岛，不是大陆。海岛总是更加容易接受风的影响。文学风，也就是你作品传播的力度广度，我这种匹马单枪的文坛独行者，全靠读者口口相传，普通读者可以非常热爱你当他们终究没有传播话语权，因此我怀疑台湾，我以为台湾读者与大陆读者的对接端口，尚无建立。

一切都需要时间。倘若将来，台湾没有读者阅读我的书。那就说明，作为作家，我作品的阅读魅力不够大；在台湾，我的读者缘分远远不够完全，不同的生长环境，不同的阅读经历，很难产生同样的审美共鸣。我不是大陆的劲风，我吹不到台湾，我得认输，如此而已。然而，我还是会非常喜欢台湾的茶，台湾印制的书籍以及台湾朋友们温文尔雅的中国传统古典气质。

看麦娘的意思

　　小说《看麦娘》连续获得了几个文学奖以后，老是有记者要问"看麦娘"的意思。"看麦娘"是什么意思呢？真的我是哑口无言。

　　意思是故事背后与文字骨子里头的东西，没有确定形态与道理，实在无法明确地说出来。几年里，许多次，每当我想写这个小说的时候，那些缱绻在我血肉深处的东西便汹涌澎湃。我在乎的是人。是人本身。是人在生长过程中的被阻拦时刻以及被阻拦的惊诧与记忆。还有，在我们成年以后，许多惊诧与记忆经常被我们自己忽略和遗忘，其实它们是我们人生的厚度，是我们生存趣味的源泉，是我们区别于他人而成为自己的唯一标志。

　　有那么一天，我再也不愿意放弃那些忽略和遗忘。于是，我就开始静坐，独自一人，驱除杂念，把心彻底地沉静下来，去捕捉和意会这些忽略和遗忘。于是，我就慢慢发现了一个女人的生存依据。这些依据是那么细微，几乎完全没有形成物质颗粒，只是影视与幻想，紧密地分布在她的精神生活之中，形成了她的精神空气——原来我们也是这样的，原来我们生命的依据就是在这里而不是在那里！于是，我要求自己的文字翩翩起舞，饱含水分，一唱三叹，细腻入微。我要求自己这样写小说。我在写作的时候，我的心一次又一次地汹涌澎湃，完全是一个富有激情的人——这就是我写看麦娘的意思。

读我文章若受兰仪

做人最委屈的，莫过于看眼色行事。自小起意做作家，就是喜欢了作家的个性与反骨。且这份个性与反骨，因是职业的必然与需要，还能够获得公众的理解与社会的默认，实在是一个占便宜的职业。然而，在做了作家多年以后，才渐渐明白，人世间的事情，都没有那么便宜的。作家也只有坐在家里，可以肆无忌惮地写作，一旦要把作品发表出去，与社会和公众之间，自然也还是有一些规矩与约束。可是，又渐渐发现，事情哪里就这么单纯？文学鉴赏与评判，原不是一个可以量化的科学标准，却可以是一个个人判断。在某些时候，个人判断往往可以影响集体判断，以至于形成公众舆论。对于公众舆论，个人就是没有办法的了，多大的委屈与误解，你都没有办法。

《有了快感你就喊》这部小说，最初的动因，就是想写一个男人。一般说来，女作家写自我、写女性、写情感似乎更容易，我的写作，却偏偏都不在我的近距离之中。我喜欢待在暗处，把自己的视线调整到最清晰，然后静静地琢磨他人。多年来，男人就是我的写作焦点之一。尤其是近年来，因为体制与经济的复杂变化，中国大陆男人这一群体经历着大起大落，大喜大悲，他们腐败着，消亡着，或者成长着，成熟着。终于有一个时刻，感觉降临，我知道自己可以动笔了。写作的时候，是恣肆汪洋的，初稿居然写了7万多字。而随后的修改便是冷静和理智的，考虑了社会的规矩与约束，结稿字数就只有6万余字了。然而，没有想到的是，小说甫出，便舆论哗然。讨伐的对象首先是《有了快感你就喊》这个书名。报纸说这个书名让读者们深感震惊和害臊。我只是在最初接受过记者的电话采访，因为当时我还不知道发生了什么事情。我听了记者的提问，愕然久久，之后只回答了一句话，我说："感到震惊的应该是我。"我实在非常震惊，为着人们的震惊与害臊。某些人哪怕再急功近利，再没有阅读习惯，仅就"快感"一词，也应该具有常识性的理解，那就是：快感即一种审美愉悦。审美愉悦使你害个什么臊呢？但是，既然铺天盖地的报纸都认定"快感"就只是下半身的那档子事情，我唯有沉默而已。2003年的春天，被媒体暧昧地称为"叫喊"的春天；人们茶余饭后的粗俗玩笑中，多了一句自以为粗俗有趣的玩笑。

我在这个春天里摘掉电话线，投入农事之中。我把屋后的草坪开垦成为菜地，种上了小白菜，苋菜，豇豆和小葱。每日的汗水洒在地里，就眼看着蔬菜从泥土里生长出来，水灵灵的可人。金银花开满了篱笆，豇豆花引来蜂飞蝶舞，在这边，藤椅一架，绿茶半壶，于清晨里读书，于夕阳里下地，倒是又渐渐认识出自己的无知来：一个作家被读出任何意思都是正常的。你又震惊什么呢？愕然什么呢？最关键的是你不要心跳过速，你不必鸣冤叫屈，你应该一如既往地宁静并保持对于所有读者的谦恭。真正的谦恭者虚怀若谷，哪里还会存在什么委屈？

今年春天，台湾北极星出版社要出版我的这部小说了，时间安排得特别紧张，但是我对作品仍然做了一次还原性的修改与润色。我把自己最初的写作态度都还原出来了。我相信真诚乃是一种原始的美丽，原始的美丽乃是一种真正的谦恭。凡翻开我书页者，凡阅读我文字者，便是受到了我的敬意，仿佛一个相敬如宾的作揖，那是我们中国人的礼性，千百年来如春风风人夏雨雨人，我总在我的文字中。读我文章若受兰仪。至于读者，怎么理解作家的文字，自便便是，那又是一种认识与创造，与作家个人，是没有关系的了。

生活本是一场秀

其实《生活秀》没有什么可以多说的。一个小说，总是在获奖以后，在改编电影电视以后，要受到百般追问。可是，事后说什么都是意义不大的。这部小说，起念要写，已经是十余年的事情了。那时候是很有意义的。就是想写"来双扬"这么一个风情万种又凌厉泼辣的女人啊，想得坐立不安。

现在回首往事，看得见的只是景象：一个女人，端坐在人山人海的灿烂与喧嚣之中，目光安静地落在抽象的虚无缥缈之处，用两根嫩如花茎的手指，夹着香烟，静静地有一搭无一搭地吸着；再一晃，就是天荒地老了；生命过去了，花自飘零水自流。

人的生命比草木还要短暂，人的梦想比草木还要简单，然而，就这么安安静静地坐一会儿都是奢望，都是拼了命才挣回来的一点梦的皮毛。我们的生活，它不肯安静，它不肯有秩序，它不肯健康，它不肯温文尔雅，合情合理；它总是充满了蛮横，充满了意外，充满了阴谋，充满了强词夺理，弱肉强食。我们的生活，它总是撕扯和分裂我们的内心，它让我们眼望着自己宁静的理想，满怀忧戚，五内俱焚。生与死之间就是一场生活的秀，说什么呢？没有什么可以说的了。

　　——这就是我写作《生活秀》和再回首《生活秀》的时候，回旋在我眼前的景象。仿佛有一首记忆不清的老歌，它的旋律缠绕了我许多年，有一天，我捕捉到了它给我的感觉，我就把它写出来了。踏踏实实地生着和活着的女人，挣挣扎扎地搏着和斗着的女人，辛辛苦苦地梦着和想着的女人，真是太不容易了。千百年地望过去，我们中国女人的景象是那么凄伤，郁闷，邪恶和优美。我没有办法不写，没有办法不想。

一夜盛开

　　《一夜盛开如玫瑰》这个短篇小说，是我自己最喜欢的短篇小说之一。因为我觉得它从技术上很完美，无论从结构上看，从人物上看，从时间的掐段上看，从空间的截取上看，都很得心应手，该到哪里到哪里。笔一动，一天就完成了初稿。写这个短篇的时候，我觉得自己是一个熟练的箍匠，给一只马桶打了三道很圆满的滴水不漏的箍，心里充满蛮有把握的满足。

　　然而，这个短篇同时也是我自己最不喜欢的短篇之一，不喜欢的原因也正是喜欢的原因。太圆满的东西总是让人感到生分，感到疏远，感到冷漠，感到毫无余地，太逼人了。比如我新近的另一个短篇小说《请柳师娘》，我发现自己居然能够背诵某些片段。我背诵它们的时候心里涌动着无尽的起伏，这起伏会四面八方地延伸，令人百感交集，乃至惶惑不安。原来我是希望《一夜盛开如玫瑰》也有这种涌动心潮的作用的。可惜《一夜盛开如玫瑰》它没有，它冷酷地说明：最坚强的人也许就是最脆弱的人。它还冷酷地说明：人生灵魂出窍的时刻是猝不及防的。它还冷酷地说明:人人都有病。一个短篇,它把道理都说尽了。多么霸道啊!

并且,还是这么一个短篇,把事物的实质说得这么清楚,这也是一种无趣了。让我们心里还是有一点剪不断理还乱的东西多好呢。无奈的是,作为写作者,我同时又感到真是他妈的痛快!写得痛快,写得一针见血,这感觉岂不也是很宝贵的吗。

多种宿醉一样美丽

夜了，忽然来了兴致，来的是饮酒的兴致。发现有好酒，发现有好人，发现有合适的小菜，还发现窗外有一弯好月和一树温婉的好风，于是就开始慢慢地饮酒，慢慢地饮。慢慢地说，慢慢地笑，慢慢地饮。不知何时，眼睛晕了，便沐浴香波热汤，而后便是一觉。翌日早晨，日光照醒昨夜人，虽说已经醒来，却不情愿真的就醒，眼睛还晕乎着，心里还满不在乎着，动动身体，四肢慵懒，哈哈气，满口都是余香——这就是宿醉了。这是饮酒当中最难得最妙曼的宿醉，算得上是一种可遇不可求的艳遇。

还有一种宿醉，是醉色，或者说是醉春。春日里有一株蓬勃的桃花，开了，附近还有一株是蓬蓬的迎春，也开了。桃花是骨铮铮的枝条，枝枝上举，捧捧都得阳光雨露；迎春是柔软软的枝条，条条低垂，声声都是浅斟低唱；一个桃红，一个鹅黄，两种风情，一种艳丽，看得人只有惊呆的，没有话说的了。更加上昨夜里来过一波两波风雨，吹散了花瓣，桃红与鹅黄都懒懒地散落在草坪里，昨日的惊呆便依然久久住在心间，依然地，说不出任何话，说什么都多余都枉然都煞风景——这也是一种宿醉了。这种宿醉往往只是好色之徒才有。好色之徒是不分男女的。真正的美色，谁能不好？许多女人都好色，女人们从骨子里头爱美，我也一样。

这就要说短篇小说了。我以为好的短篇小说便是好酒与好花。一是恰当的时候阅读，一是喜好它的人阅读，常常就会发生短篇小说的宿醉。美好的宿醉都是同样的感觉，晕在一种美景里不能自拔。我阅读好的短篇小说，就是这样的情形。

我写作短篇小说，几乎也与鉴赏短篇小说一样，也是要晕的。差不多都是在没有计划中突然产生的。忽然间心念一动，即刻就要写，不写人就难受。写作起来一气呵成，速度极快。如果因为种种因素无法即刻写就，那么过去了就再难寻觅，即使日后再写，一定也是另一副炉灶了。

我认定，精彩的短篇小说都是一种感觉上的掠夺，就那么一瞬间，就那么惊鸿一瞥，目光，角度，色彩，气息，时间，季节，意念，乃至用笔的力度，全都是斯时斯刻的凝结。这种创作上的掠夺，有时候仅仅来自一种气味，黄梅雨淅沥在老朽木门上发出的气味，使我有了《细腰》。一种闲得无聊又惴惴不安的心绪，使我有了《绝代佳人》。还有时候，是一种感慨，比如《两个人》。还有时候，是被一种颜色击中，比如《一夜盛开如玫瑰》。还有时候是对于先人的缅怀与臆想，那就是《请柳师娘》。也有时候，是一种隔岸观火的羡慕与被感动，比如《冷也好热也好活着就好》。有时候会无端袭来一股霸道豪情，便有了《汉口永远的浪漫》。有时候是迷惑的，那就是《猜猜菜谱与砒霜是做什么用的》了。更有时候，什么都不是，只是一种静静的坐、遥远的望和宿命的叹，这就有了《屈原的罗网》。等等吧。所以，我的短篇小说远远少于中篇小说，中篇小说的创作空间很大，都有故事，可是，短篇小说无故事，更无预谋。因此，写了二十余年，这还是第一次出版短篇小说集子，出版社给了一个大帽子，叫作《武汉故事》，其实不是故事，也不是武汉，是我自己的一次次宿醉，一次次非常有趣的宿醉。

但愿今后还有，当然会有的。

金色的收获

今天是 2001 年的 1 月 5 日。清晨醒来，睁开眼睛，立刻被许多的新鲜感觉所抓攫：户外的声音传递得悠远而空旷；呼吸里饱含着甜丝丝的凉意；窗台上的麻雀，唧啾得兴奋而快乐；于是，我知道什么来临了。那是雪，大雪，下大雪了！

突然降临的漫天大雪是一个惊喜，改变了我们在大年初二的惯常过法：睡懒觉和贪吃。我们坐到了书房的窗前，看雪和读书。我们和孩子去堆雪人，去打雪仗。我们在飘着雪花的玻璃窗边，抱着双肩，倾听上海老百乐门元老爵士乐队演奏的爵士乐——想听的就是"似水流年"和"婆娑起舞"。接着还想听萨克斯演奏的邓丽君——真是令人惊讶，再也没有比这更散淡，更简单，更柔若无骨，更与世无争的萨克斯乐曲了。却正是这些散漫的日常的音乐，与雪花一起回旋，能够引起我们往昔的美好记忆，居然还包括在一个大雪天里吃过的朝鲜辣白菜。于是，我们的思绪就会飞翔在很辽远的地方和很广阔的空间，遭遇许多往事和朋友。因为有了一场天赐的雪，我们便有了别样的活法。

看来人生的种种味道，常常需要艺术作为触媒来唤醒；人生记忆的捕捉和沉淀，也常常需要外界环境的辅助来完成。如果我的这两部最新小说，能够像来自天庭的雪花一样自然飘落，给读者带来一些些的唤醒与感动，我就感谢上帝了。

这部小说集还收录了程永新先生与我的访谈。程永新先生的提问，给我提供了一个很大的空间，让我把在将近二十年里思考的问题，一股脑都在这里说了。任性和偏颇的话，也说了不少，因为我想，诚实是最重要的。白纸黑字留下来，假如日后有了长进，就很方便对照检讨自己。

既然已经在访谈里说了不少的话，现在我就不再多说什么了。

"金收获"是一个非常吉利的名字。我感谢《收获》的朋友们在新世纪的第一个春天就给了我这份吉祥。我更要感谢《收获》的主编巴金先生，他老人家的"说真话"三个字是我人生最要紧的教诲，也是在做这次访谈的时候，时时刻刻告诫我的一种力量。

这两部小说我一直都在修改和润色，春节期间也无法停止工作的欲望。小说是越写越诚惶诚恐了。算了，就交出去了吧。

好雨知时节但愿人也能

《她的城》出来了，我不敢翻开新年的第一期《中国作家》。写作生涯以来，头一次忐忑不安，生怕与自己的小说猛然面对而发现它不是我的所要。这个构思，早有了，是我许多种子里头的一粒，准备在合适季节，从容撒播和细细耕耘。但是杂志发稿时间、临时差旅、时差和感冒等等一些阴差阳错的原因迫使我没日没夜地把这个构思赶写了出来。赶写的时刻兴奋到通宵不眠，以为这是好状态。发出去之后冷静下来了，又以为通宵不眠并不好：过于兴奋常常会带离我们离开自己的个人领地。

我强烈赞同梭罗的观点：如果一个人是真诚地生活着的话，那必定是在一个遥远的地方。我早在十年前就出发寻求个人那遥远的地方。尽管我不可能找到和拥有瓦尔登湖那样偏僻而自由的地方，但我认为，一个人如果能够坚持真诚生活，就可以抵达瓦尔登湖。凭借真诚生活给予的态度与目光、写作就成了一个羁旅者给爱人和亲朋好友的书信：是忍不住要不停写的，是忍不住内心激情的、是忍不住简单又忍不住不简单的；而描述的故事，都会是他看见与感受的真相。现在物质很高潮，精神很灰暗；从前政治很高潮，精神很怪异：我生活在一个伪高潮时代，写真相就倍有挑战性了。我很喜欢。我必须努力写真相。《她的城》是写女人关系的真相，只是拿不准是否写了出来。如果失误，会再写，当逢季节。

你是我永远的表达

　　树叶又一次地黄了，就在眼面前颤颤地摆动，雨跟任性孩子的眼泪一样，要么不来，要么来个没完没了；无休止的雨中颤动的黄叶将一丝丝褐色冷漠送到了你的心头——其实这算不得什么悲秋。春也有春的不堪，冬也有冬的落寞，只是季节的更替使成熟了的人感觉到自己生命的步伐一大步一大步迈得十分明显罢了。这种心绪虽然冷淡却还是坦然的，只是常常觉得没有什么语言可以表达。

　　人的生命常在旅途，归宿总是阶段性的。大多数的时候是你独自一人，孤军奋战。飞机晚点，火车也晚点，目的地总是难以按预计的时间到达。有时候在一个上下都没有着落的地方，七八个上十个小时地等待，整个人荒芜得要生长出野草一般。然而，有那么偶然的一次两次，你遇上很好的旅伴，可偏巧飞机或者火车竟会破天荒地提前到达。这些时刻也是没有什么语言可以表达的。

　　所有美好的相逢注定要离别。无论是在什么季节，猝不及防的分手总是势在必行。心里的那种难受，好比涩涩的甜，痒痒的痛，没抓没挠，说什么都不恰当。假如有话出口，必定不是过了，就是满了，或者太做作或者太虚无或者太裸露。没有语言可以表达。

没有语言可以表达的东西太多太多，比如：使微笑微笑的那种东西，使哭泣哭泣的那种东西。毫无目的的向往，毫无道理的道理，毫无味道的美味。处于几种边缘的心情和颜色。稻草霉烂时候的气息和温暖。小孩子在有水洼的马路上"啪嗒啪嗒"跑的时候，那小巧的脚后跟，那脚后跟溅起的细碎水花，那全无节奏的自由放任的脚步声，美得使跟在后头的大人只能意会不可言传，这是怎样一种深刻的缠绕和爱意的纠葛呵！

就在某一天的某一个时刻，在我毫无准备的情况下，惠特妮·休斯顿的歌从远方飘来击中了我。当时市声喧闹，街道一边是小摊小贩，一边是野锅野灶的大排档，没有执照的人力三轮车为了躲避警察，在行人缝里乱钻。就是在这个时候，一条圆润高亢的歌喉凌空响起，她唱的是英文，她唱道："I will always love you。"我懂这句话的意思，是：我将永远爱你。我也懂得这远不是一句简单的情话，不仅仅是给某个具体人的。惠特妮·休斯顿的反复咏唱是一种包容万种情怀的表达。

我原以为音乐的表达也是有限的，胡琴一味地悲凉，丝竹过于小家碧玉，锣鼓太吵闹，钢琴又太机械和笨重了一点。交响乐那么繁复那么专业化，听歌剧需要具有贵族的文化、贵族的风度和贵族的耐心，到底累人了一些。民歌又明摆着千篇一律且有失庄重，京剧虽然华丽动人，但又太程式化，精致到甩一个水袖，做演员的要练一辈子；做观众的至少要看半辈子的戏才得入门，人生苦短，更何况是现代社会，一般人谁耗得起？流行音乐来得快去得快，留不住好东西，从词曲到嗓子都如水中浮萍，没有一个深的根基。当心情本来就混乱和绝望的时候，听旁克摇滚无异于火上浇油，受不了。迈克尔·杰克逊震撼了全世界无数人的心，可是我没法全身心地与他的歌相通，他的同性恋倾向，他的对自身黑人血统的整容，多少影响了我对他的音乐的欣赏。

但是，惠特妮·休斯顿击中了我。她的歌，尤其是她这一曲《我将永远爱你》，在我人生许多的不同时刻和不同状态下，它一次又一次地屡试不爽地成了我的内心表达。我开始相信，音乐的表现力更加广阔和贴切，更加善解人意，它无须你说什么。

经过了几代混血之后的黑人姑娘的歌喉真是绝美之极。山谷里那柔韧的风在穿过草原，那毛茸茸的草梢儿伴随着风沙沙地响——这就是惠特妮·休斯顿的歌喉。她的歌熔灵歌与摇滚于一炉，把梦幻和未来一齐送给了我们，而现实就在梦幻和未来的衔接之中虚弱地若隐若现。让我们如痴如梦，醉眼蒙眬。音乐的触须是神的旨意，它细微地伸入你的每一种感觉之中，渐渐地变幻扩大，充满你的整个空间，完全地熨烫和抚摸你。"love you"的"you"被惠特妮·休斯顿唱得行云流水，九曲回肠，如丝如缎，如泣如诉，如哀如怨，如火如荼。它经过春夏秋冬，经过万水千山，经过出生和死亡，繁华与苍凉，成了我不需要语言的一种永远表达。我将永远爱你！是的，这就是我们与生命与生活与人类与死亡与我们日常的一切的表达。

形式之于女人

少女时代的美妙，从女人自身的角度来看，并不是少女的年轻和美貌。一个人在年轻的时候是不明白什么叫作年轻的。所以一个少女在她的少女时代并不懂得自己有多么年轻和美好，也许从理论上懂但实际上并不懂，因为她无法拉开年龄的距离来观察自己，她看不见自己。

少女的年轻和美貌是别人的，是男人的，是女人和老人的，是点缀大街的，是活泼社会的，是照亮世界的。而少女自己能够深深体会并能够细嚼慢咽的少女时代的美妙是一个悬念。一切都将要展开却还没有展开，一切都将会结果但还没有结果，而展开和结果的形式是多种多样的，我将选择哪一种？哪一种将属于我呢？悬念之中的少女没有理由不认为最理想的结局将属于自己，因此悬念的滋味非常地美妙。

我的少女时代有一个深藏在心的、一想起来就会令各种憧憬风起云涌的悬念，那就是：我将有个怎样的婚礼？现在我回想起来都觉得有意思，少女时代的我怎么不是更关心自己将和什么人结婚，而是沉湎于对婚礼形式的想象呢？在我很小的时候，我有幸见过旧式婚礼。新娘子乘着一顶红缎子花轿飘飘而来，她披着红盖头，脚蹬绣花鞋，静静的不说话，每一步都只用脚尖踢动了一下长裙的下摆，颤颤巍巍，扭扭摆摆，煞是惹人心痒。旧式的婚礼很会营造气氛，这厢新娘子裹一身绝对安静的闺秀气，脸也不许人看，像一个神秘的谜底；那厢却锣鼓喧天，鞭炮齐鸣，众人欢笑，小孩子们上天入地地争抢糖果，时时刻刻伺机掀开新娘子的红盖头。如果是一位漂亮的新娘子，此时此刻她会觉得这个过程是多么的有趣。我很喜欢这个过程。但旧式婚礼之前漫长的嫁妆准备实在是太枯燥太可怕，夜以继日地捧着一个花绷子绣花，绣啊绣啊，从门帘到鞋垫，日子无穷无尽。这是叫人犯愁的不可忍受的事情。

苏联的婚礼形式不错。是我们从苏联的电影里看到的。他们的婚礼主要是要求新人当众接吻。他们唱歌、跳舞、喝酒。大家一喊"苦啊苦啊"，新郎新娘就得接吻。这种形式想一想就使人脸热心跳，很有爱情的感觉。当时我国和苏联是兄弟关系，他们国家是兄我们国家是弟，我们什么都跟他们学。我曾猜想将来我们的婚礼大概也会学习他们的模样。我很希望我能够赶上这个机会。

在我的少女时代，我们国家流行的婚礼最没有意思。我所居住的机关大院的人结婚就是在会议室的会议桌上铺一张床单，上面撒一些糖果，新人正襟危坐，穿的衣服顶多比平日的新一些罢了。一般首先是领导讲讲话，要求新人听毛主席的话跟共产党走：然后大家让新人或唱支歌或介绍一下恋爱经过。不知为什么新人都有一点扭扭捏捏，拣最简单的毛主席语录歌唱一唱。几乎所有被要求唱歌的新人都选择唱《下定决心》，歌词是：下定决心，不怕牺牲，排除万难，去争取胜利。介绍恋爱经过就更无趣了，总不过是某年某月他们由某人介绍相识云云，实在是平淡无奇。整个婚礼最多个把小时就结束了。大家各人回家。

那时候，我心中最向往的婚礼形式是欧洲的婚礼。是我在小说当中看到的。婚礼必须在教堂举行，新娘必须穿洁白的婚纱，由慈祥的父亲挽着手臂，踏着婚礼进行曲，缓缓步入教堂。有音乐有鲜花有诺言有戒指。你愿意娶这个女人为妻吗？今后无论生老病死，无论富贵与贫穷，你都能够爱护她，与她白头到老吗？一个深情的声音说：我愿意。对于女人也是一样的要求：你愿意吗？女人说：我愿意。他们彼此为对方戴上结婚戒指，他们深深地接吻，音乐再次奏响，众人为他们祝福。以至于到现在为止，我还是固执地认为只有让爱人给你戴上戒指，这戒指才美丽动人和有实际意义：我们彼此为对方守戒，对彼此忠诚。走出教堂，便是新婚蜜月的开始，他们将去某一个地方，那里只有他们俩。这是多么完美多么完美的婚礼啊！

少女时候，我经常在对自己婚礼的想象中度过最愉快的时光。

然而，睁着眼睛做白日梦的少女时代飞快地就过去了，当婚姻的问题摆在我面前的时候，我已经二十八岁。这时候，我在社会上已经闯荡了十一年，学了医还学了中国汉语言文学，又正逢中国开始对外开放，各种新的思潮漫卷了我们。我完全变了。我俨然是一个叛逆一切传统习惯的新青年，对所有形式都不屑一顾，认为只有内容是最重要的。我就在持有这种思想观念的阶段结婚了。那是很随意的一天，大家都有空闲，就去了街道办事处，交了五毛钱，人家就给了一张大红烫金的硬纸片，上面写着：结婚证。前后不过五分钟，谁也没有对你说句祝贺的话，婚就结了。由于当时我们没有房子，领了结婚证之后，我们还是各人回了各人的家。结婚证放在书包里给忘记了。事后过了好一段时间，房子解决了，我们也就搬到了一起。只记得在结婚很久之后，我母亲家的亲朋好友讨喜酒吃，我便回到我母亲家，穿了件粉红的织锦缎衣服，与余人喝了一顿酒。

在我结婚的当时，我的感觉跟没有结婚一样。我甚至为自己的不落俗套深感自豪。怅然若失的感觉是在以后的日子里慢慢发现的。我发现我们从来没有结婚纪念活动，因为当年没有任何形式足以让人记住结婚的日期。现在，当我在婚纱商场里看见漂亮的结婚礼服的时候，我恍惚觉得我还没有做过新娘。我这才明白，人会老，情会老，记忆也会老，岁月会使世上的一切变得恍恍惚惚，混淆不清。而在我们的有生之年，许多你觉得有意义的和非常重要的时刻，你是应该用某种形式将它固定和保存下来的。好比一个国家成立要举行开国大典，建筑物要举行落成剪彩一样。哪怕给你的形式是一件小小的物品，它也比人、情、记忆要长久得多。就像一枚戒指，一只手镯，一串项链，一件婚服，一块手帕，一片树叶，一个留在某本书里头的签名。这些物什将永远不变地清晰地叙说着使它们诞生的某个故事。我想我的这一番话无疑是作为一个女人来讲的。少年时候自命清高蔑视形式，给我留下了无法弥补的遗憾。

形式对于女人真是太重要了。在当今这个世界上，女人的拥有和获得都是那么短暂。假如没有形式这种看得见摸得着的东西，那么，在漫长的岁月中，当我们思念，怀想和回忆的时刻，我们的手抚摸什么呢？当我们老了，走不动了，头昏眼花了，记不住事了，我们凭借什么与我们往日的欢乐或者痛苦同在？与我们的亲人、爱人和好友同在呢？

自然，形式是不可否认的身外之物，注重形式免不了有一种世俗的意味，但我们这些肉身凡胎的俗人怎样才能够不俗呢？是的，我无法不俗。即便弃绝红尘，拂袖出家，不也是要进庙入寺，削去三千烦恼丝吗？寺、庙和削发难道不也是一种形式？

从前我做过许多傻事，从女人的角度来说，最傻的一件事情莫过于让我少女时代的美妙悬念落了空。波浪无痕，怎么知道有风？人若不老，怎么知道有时间？春花不开落叶不黄，谁来证明季节？我真的是很傻。

之后迷上电影

若干年前，我在电影院史无前例地大哭了一场。那是在观看朝鲜电影《卖花姑娘》的时候。今天我都还清楚地记得，那场电影是学校的包场，几乎所有的女生都哭得痛不欲生。在电影结束的一刹那电灯亮了。我是多么痛恨那电灯，我的眼睛被强烈地刺痛和受到调皮男生无情地嘲笑。我恨不能再也不回学校，从电影院出来就直接拿起枪杆子参加革命，去解放普天下的劳苦大众。

奇怪的是，《卖花姑娘》之后，我渐渐地不看电影了。有一个时期，我们时兴露天电影，没有了电影院的围墙，大家都可以随便看电影，并且可以从银幕的正反两方面看。我在冶金医学院读书的时候，我们学院的大操场上每个星期六的晚上都放映露天电影。我们宿舍的姑娘们把这个晚上当节日来过。她们洗澡换衣服，洒上香水，兴致勃勃地去看她们看了无数遍的《地雷战》或者《地道战》或者《平原游击队》。这个时候的我，已经没有兴趣参与这种节目了。我宁可独自在宿舍看书。

电视出现之后，我几乎再也不去看电影了。我成了一个不喜欢电影的人。后来的一大批电影我都没有看过。这批电影造就了我们国家一代代新的导演和一茬茬电影明星，他们的各种花边新闻在新闻媒体上到处传播。通过报纸，我知道了电影界的盛况，但是我对电影没有兴趣。我的最容易迷恋影星和电影的青春时代就这样在不喜欢电影的状态中过去了。

我迷上电影是九十年代以后的事情。最初的一次印象深刻，那是我在北京。那些年我经常在北京，料理出版影视漫画广播小说翻译等各种改编事宜，也受邀加入了王朔的海马影视创作室。这是改革开放以后中国的第一家个人影视公司，他们的《海马歌舞厅》正在全国热播，海马是雄性繁殖，他们一伙儿哥们都是男性，大家玩笑说我是个女海马。那一天王朔与他的海马们侃大山，发现我这个女海马很落寞的样子，就带我去另外一个房间看电影，说正好有几张新片的影碟，刚从美国带回来。这样就我看到了美国好莱坞的最新电影《不道德的交易》。这一看，我就此陷落，并迷上了电影。《不道德的交易》，从电影技术上说，它是一部典型的好莱坞套路的娱乐片。但是，我就是被它吸引和打动了。它的优点也正是在于它能够抓人。把一个落套的故事拍得耳目一新让人目不转睛地看下去。它至少启发了我：当我们缺乏电影编剧灵感的时候，我们可以去尝试老套路的更新换代。我惊喜地发现好莱坞影星那种油头粉面的奶油味道和虚假的华丽没有了，审美已经在变化，格里高利派克那纹丝不乱的发型，现在已经可以被风吹乱，白种人的雀斑就是雀斑，不再涂脂抹粉和加纱掩盖，没有假睫毛，影星全凭演技使自己在短短的一个多小时里美丽起来，让人们深刻地记住他们。

那个下午，我独自一个人坐在电视机前，一连看了两部美国片，直到大家叫我去吃饭。在晚饭以后，我对于电影的观念和情感已经完成了一个根本性的变化。我这才发现自己看电影太少太少，世界上还有法国电影英国电影德国电影以及日本越南韩国电影等等等等，我开始扑向电影，私下影碟贩卖人的电话号码也就有了，各个城市的秘密收藏淘碟，成为我的兴趣爱好。从此开始，我频繁看电影。有些大片，我还会特意去电影院看大屏幕，比如《黑客帝国》《泰坦尼克》《阿凡达》之类的，必须看大屏幕才解馋。

一般的情况下，我是晚上看片子。往往一看就是两部。我几乎没有空度过一个星期。假如是白天得到了好片子，情况就会变得比较糟糕。我完全控制不了自己，就像孩子口袋里放不了隔夜的糖果一样。哪怕这个时候我手头写的文章是人家杂志社急等着发稿的，那也没有用。我会这么给自己找借口：就算我及时写好了，我能够保证邮局也及时吗？如果邮局走得慢还不是耽误了发稿时间？这是没有办法的事情。我这么劝自己：看吧看吧，没有关系的，到时候寄一个特快专递就行了。实在不行就设法发个电传。再不行就下一期发表算了。反正不会有哪个杂志社和出版社被一个作家憋死。

我无可救药地迷上了电影。

去年四月份，从英国飞往香港，是晚上九点多的飞机。同伴告诉我说上了机赶紧睡觉，因为我们是在朝东方飞行，飞向白天，假如不会睡觉的话，就掉了一夜的觉，就会带来比较严重的时差问题。我当然是很怕出问题的，于是决心认真睡觉。可是英航的飞机上始终在放电影。这是我生平遇到的少有的痛苦之一。强大的诱惑就在面前，严重的后果也摆在面前。我假寐着，挣扎着。这么折腾了好一番，正要昏昏欲睡，突然我喜欢的美国女影星梅丽尔·斯特里普出现了，她主演的《狂野之河》，是我还没有看过的一部片子。我几乎是条件反射地坐直了身体，睁大了眼睛，将一切的一切抛在了脑后。结果，后来我的时差问题果然十分了得，我足足迷糊了半个多月。半个多月里我简直就是傻子，除了想睡觉，什么都干不了。但是我一点不后悔。我非但不后悔，简直还感到自己非常的幸运地看到梅丽尔·斯特里普。

我不仅迷上了电影，还迷上了影星。我觉得自己在现在的这个年纪迷上影星有一点老夫聊发少年狂的喜剧意味。假如换作别人，我会觉得可笑；当然面对自己我也觉得可笑，只是放任自己一些，可笑就可笑罢了，私人的爱好，又没有损害他人。梅丽尔·斯特里普的确是一个令人不可思议的天才女影星，她一扫美国好莱坞女影星在银幕内外的脂粉气，与一个普通妇女一样结婚生子，而且一个接一个地生了好几个孩子。她一拍戏就可以进入角色，光彩四溢；戏一封镜她就收拾行囊回家，而不是穿起名牌的夜礼服，去追逐一个又一个极尽豪华的上流社会的交际酒会。一般影星，只宜远看不宜近交，因为他们从电影当中出不来了，一股子职业戏子的味道很是叫人受不了。而梅丽尔·斯特里普恰好相反，她把那种戏子味道彻底地从电影中驱除了。她能够让诱惑全世界红男绿女的享受在她的面前变得一钱不值。梅丽尔·斯特里普开创了一种新的生活方式，是所有良家妇女的旗帜与理想。

昆汀的《黑色追杀令》是一部非常绝妙的电影。它杀开了电影创作的一条血路。同时也杀开了这个世界胀满而又空虚的文艺思想。它触摸到了我们这个世界上人与人真正的现实关系并用富于意味的细节表现了出来。一部电影，看得让人灵魂震颤，这是多么的了不起。

《钢琴课》与《浓情朱古力》都属于真正的女性电影。我相信它们是经历丰富而又保持了正常头脑的女人和真正喜欢女人的男人拍出来的。它将以往所有表现女性的道具：哭泣，泪水，倾诉，号叫，肉体，服装，美貌，性感等等在电影中一扫而光。于是，女人的灵魂与魅力被赤裸裸地令人炫目地展现了出来。

《情人》是一部非常好的电影，它能够让我们再一次地重温死在了我们自己心底里的爱情感觉，并让我们对越南那片热带雨林的湿热与灰尘触手可及。《阿甘正传》与《艾活传》是两部非常好的片子，它像佛一样单纯而深奥，使我们忏悔与思考人到底应该怎么生活。《四个婚礼和一个葬礼》是一部非常好的电影，它给我们的那种细致入微的感动像秋雨一样湿润我们。它的成功得益于英国男影星休·格兰特。我喜欢休·格兰特，由他主演的影片我都会看的，比如我还看了他的《偷月迷情》。尽管他有时也出演不怎么样的片子，让人替他拒腕叹息，但是他在当代生活当中的窘迫模样，他的无能为力，尴尬，倒霉，使他变得实在是可爱。《本能》是一部非常好的电影，女主角莎朗·斯通让我们眼界大开，认识了什么叫作女人的魅力。我也非常喜欢她，她外表宁静清纯而内心热烈狂野，迷痴了所有的男人，真是叫人开心。《霓裳风暴》《与麦当娜同床》《赤裸探戈》等等都是非常好的电影。这些电影的名字也许是翻译的原因，电影市场商业化的原因显得庸俗和噱头了，一些，实际上它们都是一些主旨非常严肃的影片。它们告诉我们的是：这个世界上有无穷的可能性。在这无穷的可能性中，人是最重要的。一些最重要的人物使这个世界丰富多彩。而要在每一种可能性里都做一个非常的人物，是一件充满了人生乐趣和悲喜交加的事情。

现在，好的电影太多太多，它们有的是为大众拍的，有的则是为一部分人拍的。有的简直就是为你一个人拍的。现在的电影具有自己强烈的个性和独特的追求。有的电影整体不够好却有非同一般的局部。它们当然也是值得一看的。

现在的电影实在是好看。我是从小就迷恋文字的，我从来都认为只有文字才可以表达一切。现在我不这样看问题了。现在的高科技空前发达，电影艺术用高科技把时间和空间，现实和想象统统地糅合在一起，它随心所欲地运用光线、色彩、音响等各种各样的效果，再加上当代影星大胆的个性化的表演，现在的电影便有了巨大的表现空间。与之相比，文字的表达有它相对的局限性。而且文字的表达要求阅读对象的领悟力，所以文字逐渐在演变成为作家个人的寻找。文字的创作日益细微和敏感，有点神经质，小心翼翼和用心良苦，到头来还是容易与自己的读者失之交臂。而一个优秀影星的一个微笑，一个皱眉，一个眼神，再加上背影，就可以一下子击中许多人的心里。

在我变得善变的现在，我由力图学习说话变成了一个拙于言表的人。我喜欢拙于言表。我觉得在实际生活中，语言是花架子，没有什么实际用处。一个人，重要的是看你做些什么和怎么做。还有，我越来越不知道如何与人打交道。一到热闹的社交场合，我就手脚没处放。连"社交"这个词我都不喜欢，我感觉它是肮脏的。我讨厌人们的小圈子，那种亲密总使我产生龌龊之感。但是，显然目前我是离不开人群的。怎么办呢？是电影解决了我的问题。爱情，死亡，阴谋，战争；痛苦与幸福，成功与失败，历史与现实，圣徒与俗人……一切近在咫尺，但又不必参与，只是让心灵去体验去飞翔，那感觉非常美妙。

我的崇拜十分纯粹，那些优秀的导演和电影明星拿多少片酬我都认为不过分。这个世界必须贫富不均以激励后进。我此生的遗憾是对电影的迷恋来得太晚，自己的性格和智力又都不宜集体创作，否则，我肯定要去搞电影。对于我这个人现在的生活来说，宁可贪无肉居无竹，假如没有了电影，我可就要慌神了。

瓷器的意味

只要日子一好，瓷器就是一个好东西。现在人们越来越觉得瓷器是个好东西了。

现在许多人搬了新家或是装修房子，只要稍有余地，便会置一架多宝柜，也有人叫作博古架。将它摆在厅里，架上最少不了的就是瓷器。瓷器的确是好看，其质地，造型，图案，色彩，没有其他什么工艺品可以媲美，实在是一件无可非议的雅物。一般的东西，单从名字上是看不出太大的好处的，房子就是房子，住人的地方：花草树木很漂亮，名字也就是某花某草而已。只有瓷器的名字取得讲究：青花釉里红玉壶春瓶，黄地青花折枝花果纹盘，粉彩八吉祥纹香炉，辽褐釉海东青式杯。简直就像欧洲古典女人的长裙，是绝不肯平铺直叙的，到处都镶满了繁复的精致的华丽的花边，修饰出无穷无尽的意味。

尤其是官窑名窑的瓷器作品，假如又出自唐代宋代或者明代，只要一两件，置于陋室，足可以使蓬荜生辉。

现在瓷器毫无疑问是一件大雅之物。然而它是怎么来的？它的本质是什么？它是做什么用的？这么往深处一想，就会发现瓷器原来是一个大俗之物。瓷器原本是作吃喝拉撒用的。瓷器最初脱胎于陶器。在汉代之前，一般都是烧制陶器。陶器的发明和用途直接来源于人类基本生活的需要。陶器发现的年代之早，早得无法确定确切的时间。据说原始社会的燧人氏就会制造陶器了。因为人类懂得了使用火，用火烤熟的食物是烫的，这就要求使用相应的容器，于是各种各样的为生活服务的陶器便被发明创造了出来。釉是在汉代发明的。有了釉之后，陶器便向瓷器大大地前进了一步。但是瓷器仍然也是应用于实际生活的。依此类推，一切的艺术，想必都是植根于最最世俗的生活的，而且需要漫长的世俗生活的积累。

等到瓷器在现实生活中足够使用了，人们的物质生活也比较丰富了，这才有少数人的艺术天分开始觉醒，更高的追求出现了。真正作为单纯欣赏对象的精美瓷器作品这才出世。这个年代就是我们民族历史上的鼎盛时期唐代。

唐代首开瓷器艺术的风气之先，想必也是因为丰衣足食之后无所事事，便有了多余的精力去热乎艺术。那时候，一件精美的瓷器作品出来，人们便口口相传。传到社会上有钱有势的人那儿，他们就不惜千金地购买了过去，藏入深宅，观赏把玩。于是一帮文人骚客也为其吟诗作画。一来二去，瓷器的佳名传到了宫廷，皇家也是凡人，对瓷器的喜欢也是有的，不喜欢也是有的，但是既然达官贵人这般青睐瓷器，在社会上又有了文名，皇家也难免附庸风雅，也欣赏把玩起瓷器来。瓷器贵入宫廷，反过来又刺激了社会。商人有利可图，他们便会投资瓷器工艺，工匠自然受到了极大的鼓舞，艺术灵感喷薄而出。就这样，一波波，一浪浪，推动着瓷器精益求精的创作，直到宋代的登峰造极。在几千年的时间里，大浪淘沙，肉腐骨存，瓷器终于完全摆脱了最初的粗陋面目，登堂入室，成了艺术品。

尽管瓷器已经被公认为艺术品。但是它的本来面目却一直坦然地面对历史和社会。至今为止，用于吃喝拉撒的瓷器器皿还是在用于吃喝拉撒。瓷器并没有因为它成了价值连城的艺术品而否定它的世俗性。更没有标榜自己出身于官宦世家或者书香门第。世俗是瓷器厚实而庞大的艺术基础。瓷器在这个基础上，一步步登高，越来越好，艺无止境，美无止境。可见大雅寓于大俗之中。无俗也就无雅。不俗也就不雅。俗雅其实是一体的。

　　再说了，即便是当年官窑出的夜壶，皇帝撒过尿，诗人写过诗。你就是不在乎它，不供在博古架上，不送给博物馆，不卖给文物商店和收藏家，依然拿它撒尿，它也就无所谓俗雅。它做一天和尚撞一天钟，尽自己的本色就是。这就好比一个人出了家，超尘脱俗，不在红尘话语中，自然又是一重清凉境界了。这是艺术和做人最难的境界，就是做到了别人也无从知道。因为它不再在任何媒体露面和喧哗，大众很快就忘记了它。只有在意外的或者偶然的某一刻，它与它的知音相逢，那一刻当然就是夺人魂魄，惊天地而泣鬼神的了。

描述颜色的美文

世上的文章之多我想恐怕如银河一般地纷繁而浩瀚。我想我这一辈子恐怕是不敢说自己读的书很多的了。所以我真不知道将来是否还会读到比描述颜色更美的文章，或者确切地说，更美的文字。

使我为之惊叹的是形容中国瓷器颜色的文字。奇怪的是，中国瓷器并不以颜色命名。就皇宫大内的瓷器注册来看，均以瓷器的式样为主来命名。民间就不用说了，民间的文字极其简单粗糙，民间一向以口头文学最为灿烂。由于没有正式的文字记载与描述，颜色竟然被历史简单地忽略了。也许正因为没有历史的要求和重视，瓷器的颜色却在窑工，肆商以及大众的口头获得了自由而生动，繁茂而绝美的创造。

有一种淡蓝色，被描述为：雨过天青云破处。

有一种不上釉的黄土色，被称为：铜骨。

另有一种黄色叫作：黄褐色老僧衣。

一件瓷器具备多种颜色，杂彩鳞比，怎么体现？这叫作：逗彩；或者：斗彩。前者取多彩游戏，相互逗乐之意，后者取红斗青，相互竞争之意，它们是逗还是斗，这就全凭你的感受能力而定了。

瓷器的颜色变幻无穷，一窑与另一窑是不可能完全相同的，就是同窑烧出来的货色，色色之间也会有微妙的变化。所以，关于瓷器颜色的形容并无一定之规。作品出来了，你就去感受它，人人都可以尽情地发挥你的想象和表达能力。如果你精确你生动，你自然就被瓷器行当所接受，人们就会使用你的说法，会让你的描述流行和流传下去，反之便如风扫落叶，你就会自行消逝，绝美的文字便诞生在这种百花齐放百家争鸣的自由创作状态里。比如，釉计中间凹而缩者，这叫傻眼：点形较大又微微发出老米色者，这叫褐斑；有晕者叫兔毫。瓷釉有纹被叫作开片，开片有大有小，那么大而稀疏的开片被叫作牛毛纹，柳叶纹，蟹爪纹；开片小而细碎的被叫作鱼子纹。开片瓷器以宋代的哥窑为贵，往后仿制的又是一种风格了，便叫作冰裂纹，开片更大的就叫格瓷了。

我们一提到颜色，口语中说得最多的是红红绿绿。红绿色的层次之多，我们觉得不可名状。但在瓷器这里，仍然是大有文章可以做的。颜色深红如初凝的牛血如祭坛的用品，这是祭红；如朱砂的，是朱红；较大红稍淡的是鲜红；较鲜红稍淡的为抹红。如果抹红釉质上得薄，透出微黄，这便叫珊瑚红。再淡一点叫胭脂水。再粉一点叫娃娃脸。再亮一点叫豇豆红，再嫩一点叫乳鼠皮，再艳一点叫杨妃脸，再妖一点叫桃花浪，再媚一点叫海棠红，再浓一点叫淡茄云。此外还有肉红，羊脂红，醉红，鸡红，枣红，宝石红等等形容，真是数不胜数。

绿色有几种被形容得最俏皮，叫作翠羽子母绿，葡萄水绿，哥绿，瓜皮绿。青色叫得最虚幻，如天青，冻青，蛋青，毡包青，影青。黄色叫得最贴切，蜜蜡黄，鸡油黄，牙色淡黄，茶叶末，芝麻酱，鼻烟，菜尾，鳝鱼皮。白色则更其讲究，淡淡的纯粹的颜色为月白或者鱼肚白，稍微闪黄便叫牙白，稍微闪红便叫虾肉白，以粉料堆填瓷上，再蘸釉汁，这便有一个专门的叫法，叫作填白。

这些文字是单纯的，它们不带感情色彩的，不食人间烟火的，没有故事和思想，但是它们具有超越一切的美丽。这也许就是汉字的奥妙所在。它是一杯上好的新茶，是蓝天上的一抹白云，是穿过夏日树梢的清风，是孩子的笑容。当我们阅读这样一些文字的时候，除了拍案叫绝还能说出什么来呢？

广东的汤与虫

都说广东这地方的人会吃，能吃，敢吃。去了几次广州，深圳，珠海，沙头角等几个地方，也吃过了几次早茶晚茶什么的，倒真是没有太突出的感觉。如今走到哪里，哪里没有早晚茶？哪里的人不会吃？留下与众不同印象的倒不是吃了，是喝。是喝汤。广东人请你吃饭，上的头一道菜必定是汤。让你先喝一碗汤再说。吃了没有两道菜，又上了一道煲汤，吃到后来，再上一道煲汤。似乎宴席越隆重，汤就越多。试想一个人有多大肚皮？一顿饭能吃多少东西？几碗汤也就灌饱了你。

江浙人也爱喝汤。他们的汤比较有分寸，小小的一盅，只够一两口，清清爽爽的，淡淡的，比白开水多一点甜甜的味道。吃了大荤，喝上一盅，感觉正合适。

我们湖北也好汤。客人来了，汤是肯定要有的。传统的排骨藕汤，鸡汤或者甲鱼汤是咸汤，银耳汤和玉米羹是甜汤，两种汤分先后上来，一般也只是每种上一道罢了。我们的汤绝不喧宾夺主。我们主要是让人多吃菜。我认为多吃菜还是比较有内容一些。

广东人净让你喝汤，他们似乎并没有什么不妥。他们好像命里缺水，对汤的感情之深，深得被蒙住了双眼。在宴席他们总是不停地说：汤好！汤好！首先他们自己是少不了要喝的，同时他们会热情地劝你喝。同时他们还会告诉你在广东是非常需要喝汤的。为什么非常需要喝汤？这很容易勾起人的悬念。如果你认了真，问个为什么？他们的回答也还是说：在广东就是非常需要喝汤。

广东的汤是煲出来的。煲不同于北方的熬汤，也不同于湖北一带的煨汤。据说煲是一个非常细致和复杂的过程。尽管到头来我们喝汤的时候一般喝的都是混浊的水。不过汤底要么是甲鱼乌鸡与一大堆党参枸杞之类的滋补中草药，要么是海参鱿鱼与整棵的酸菜黄豆什么的，其内容很是芜杂。到这里，感动是有的。却也还有遗憾与疑惑。遗憾的是他们居然忍心把那么好的东西都化成水。疑惑的是他们喝了那么多的水，为什么依旧是干瘦的，肤色也是酱黄的。既然如此，何必还喝？

广东人的敢于喝汤我想应该不能算作敢吃之列，因为汤是没有什么可怕的，仅仅只是有点胀肚而已。俗话说广东人四条腿的只有桌椅不吃，两条腿的只有爹娘不吃。我觉得这是广东人在吹牛。我觉得广东自从成了我国改革开放的前锋之后，自我感觉就好得很了。把个广东普通话和港味服装到处传播。并且吃也成了全国人民中最大胆的了。原来我以为不就是几碗汤吗？

最近一次到广州，有佛山的友人来访。开了车来，请我们去佛山看看，说是佛山与广州之间修了高等级公路，一眨眼就到。我们上了车，这一眨眼就是将近两个小时。友人把我们带到了一家饭店。等到坐下来一看，吃惊不小，是一家专门拿虫做菜肴的餐厅。雅室不雅，墙上的画里尽是大小虫豸。餐巾纸上来，发现上面印着主要经营的品种。写着：“雷公狗　珍珠蛇　桂花蝉　龙虱　蚂蚁　田鼠　草蜢　蚯蚓　蝙蝠　壁虎　蟾蜍　竹象　蝎子　蜂虫”等等。看到这里，已是心惊肉跳。待到面对菜肴，方才惭愧自己小看了广东人。

第一道菜是清蒸龙虱。什么龙虱？说得好听，原来就是水里的蟑螂。与日常灶间的蟑螂十分相像，只是肢体更大一些。一盘黑色蟑螂，一股扑鼻的蟑螂气味。广东人说：好吃！便用手拿起一只就剥着吃。再上的是“炒蚯蚓，炒蚂蚁，椒盐蜂虫，油炸蝎子，蛇汤，蟾蜍粥”什么的，每上一道菜，广东人总是兴致勃勃地喝彩：好吃！相比之下，广东人果然是敢吃了。外地人一个个不战自败。恶心的恶心，想吐的想吐。倒是我觉得披星戴月，冒着晕车的危险来到佛山，遇上了这么一个机会，也算极其地不易。所以稳稳地坐着没有跳起来，每一种虫都尝了一点点。最后我记住我这顿菜吃了八虫菜一虫汤一虫粥。

闭上眼睛一想，吃什么其实都是吃，只是一个习惯问题。重要的问题就是在于习惯不习惯。将虫的头面体形都不改变一下就这么吃，的确是需要一种非常大胆和开放的世界观。在吃虫的问题上，广东人与我们的两种思维方式得到了充分的体现。我们说：为什么不把虫子用面粉之类的东西裹一裹再炒了吃？眼不见不就行了。广东人却说：那不就容易被假冒伪劣了？只有亲眼看着虫吃才能够保证是真的。如此大胆如此精明，选择广东为改革的先锋也实在是很有道理的了。

餐馆的水蟑螂一块钱一只，蝗虫想必也不会便宜。大家联想起了河南的蝗灾，广东人就万分感叹。在他们看来，是无所谓受灾不受灾的，蝗虫吃麦子，人可以吃蝗虫啊！可以做蝗虫罐头，可以做蝗虫干，可以大量出口蝗虫食品，蝗虫比麦子的蛋白质要高得多，又是绿色食品，比麦子值钱得多啊！可见广东人不光是敢吃，更可贵的是敢想，他们的想法如果让河南人听见了，河南人一定会目瞪口呆。

生活总有梦

去年四月份，我去了一趟德国，住在杜伊斯堡市。我在杜市居住了七天。一般说来，七天是一段不长的时间，眨眼就会过去。并且我不再是孩子，没有指望去一个新的地方就会有奇迹。再说由于有文学作品的译本，电影和电视，我们对于欧洲，对于德国并不太陌生。信息高度发达的电子时代使中国的一句老话枯木逢春，这便是：秀才不出门，全知天下事。所以，在上飞机之前，我们带上了寒衣。我们知道德国地处北纬 45 度和 60 度之间，它的春天也是寒冷的；我们也知道杜伊斯堡市位于莱茵河畔，是德国的第十二大的城市，拥有 50 万人口，今年开春以来一直阴雨绵绵，人们都在渴望太阳。

自然地就以为这趟德国之行的大概情况基本都在意料之中，天空大约总是阴霾的，在户外大约总是要缩着脖子的，杜伊斯堡一定是市容华丽且整洁，发达国家嘛；又因为德国是一个理性很强的国家，那么作为马克思故乡近邻的杜伊斯堡市，它的风格大约是严谨而偏冷的；灰色的马路，深褐色的教堂尖顶，铮亮的小汽车漠然地唰地开过去，街道上的路人寥若晨星，寥若晨星的路人行色匆匆，大约总是穿着黑色皮大衣或者铁灰色的风衣吧。我们将按早就计划好的日程和项目进行参观访问，宾主之间一定是彬彬有礼的。一定也就是彬彬有礼而已，我非常明白我们只是这个国家的素不相识的客人。

生活像梦一样的事情在我们的人生中不是完全没有，但毕竟很少很少。在飞往德国的十几个小时的航程中，我曾无数次地打盹做梦，却是连这个时候的梦也没有去憧憬即将到来的访问里会有什么意外之喜。所以说在杜伊斯堡的七天生活是我做梦都没有想到的。

四月的那天，我们到达在杜塞尔多夫机场。钻出飞机一看，天蓝云白，阳光明媚，身上被照得暖洋洋，迎头就是一个意外之喜。前来迎接我们的杜伊斯堡的市政官员竟然也是喜出望外的样子，原来天气居然就是在今天放晴的！太阳和我们一块儿来到杜伊斯堡，这情节真是美好得如梦一般。紧接着一束鲜花送到了我的怀里，而在杜伊斯堡我房间的圆桌上，迎接我的还有十朵娇艳欲滴的红玫瑰。这是我有生以来第一次收到如此温情如此浪漫的爱意的表达，出乎意料得也跟梦似的。

阳光和鲜花迎接我来到杜伊斯堡，这已经有一点儿使我从现实生活中醉入梦幻，而在杜伊斯堡短短的七天里，人生内容之多之摇曳多姿之心想事成之超乎想象简直就是梦了。先前我以为居住在柏林的汉学家梅勒女士来杜伊斯堡只是为了举行我的小说朗诵会的，不料，梅勒女士竟乐意全程陪同我们，不仅如此，梅勒的丈夫穆勒博士也一同前来了。这夫妇俩女的沉静，男的豪放；女的温柔善解人意，男的幽默妙语如珠，他们为我们的访问生活增添了无穷的乐趣和无限的温情。更料不到的是，其间有一天，因为我们无意间犯的一个小小错误——将他们的戏票带入了剧院，书生气十足的博士夫妇只好买票入场——结果中了头奖——免费去非洲旅行一趟！剧院当场宣奖，我们乐得差点从椅子上跳起来，只是碍于正襟危坐的南非总理拉马福萨，他与我们同坐一排，我才没有大跳大叫。

杜伊斯堡市的副市长玛格多维斯基女士我是见过的，半年多以前，在我们武汉，两次都是在会议上，总共时间大约三个小时。在三个小时里，玛格多维斯基都是穿着西服，滔滔不绝地谈工作，几乎没有笑过。她使我连想起了英国的铁娘子撒切尔夫人。然而这次在杜伊斯堡一相处，见到的完全是另一个人，她人未到声先闻，衣饰明丽，笑声朗朗，尤其在晚上的酒吧里，她活泼可爱得如同小姑娘，使杜伊斯堡这个城市显得更加春意盎然。最后才知道，她在中国的表情是根据一本书来决定的，"笑不露齿"——那本中国旅游指南如是说，不知是哪个朝代的老皇历了，居然被玛格多维斯基女士实践得很成功。真是令人捧腹。这倒也像是梦中的事了。

一般来说，生活总是不让人获得满足。我们为了希望而出门远行，却常常备尝失望而归。然而这次我的生活之酒却溢出了杯口。在欧洲一个宁静的小城夜夜听得到非洲丛林的激越鼓声，这是我没有想到的；在杜伊斯堡的一家博物馆里，看见了毕加索的雕塑真迹，这是我没有想到的；我的小说朗诵会开得那般有趣；马克思的故乡特里尔那么古色古香；科隆大教堂是那么的恢宏灿烂；广场上德国孩子的滑板玩得如此绝妙；这全都是我没有想到的。还有我住的饭店，它正是我的梦中所想；它位于一条闹中取静的街道，外表朴素平常，砖缝里隐约的青苔痕迹是它见多识广的风韵。开门进去，一股馨香扑面，楼梯口和窗台上到处都是鲜花。餐厅的小圆桌上铺着洁白的台布，餐巾上上浆了，握在手里结实而温暖，椅子是上好的木材做的，很沉重，椅背很高，随时准备着烘托你疲乏的头。酒吧的整个色调是神秘的，吧台拐角的油漆，洁净的酒杯，都在幽暗中闪闪发光，爵士乐弥漫在吧厅，海浪般逍遥，为自己而吟唱。宽敞的后厅是德国贵族文化送给今天的，地板，地毯，壁炉，油画，挂盘，古董，体积庞大的颜色深沉的木制箱子和柜子，不知经历了多少人的抚摸才有了现在的润泽和光滑。这里永远有音乐伴随。永远是悠远的古典音乐。我几乎每天都要在这儿坐上一坐，在沙发或者地板上，不用担心会有人近来。这个饭店里似乎没有服务员，大门和房门的钥匙都在你手里。你可以任何时候回来，可以在任何时候待在房间，酒吧或者后厅，除非你需要人。叫一声就会有人来到你的身边。我的房间在四楼，我将永远怀念和喜欢这间顶楼小房。它的卫生间几乎大于睡房，适用，洁净和温馨。房间的内容是木制品和全棉制品，颜色是棉和木的本色。它在七天的时间里满足了我此生的一个夙愿。它做了一次我理想中的家。

我当然知道这个世界上有许多著名的漂亮的特大的高度现代化的城市，我已经见过一些，有一些将来也许会去见识。但我心里非常明白，杜伊斯堡这个小城是我最美好的记忆。因为我再也不可能重新回到1995年的四月份，不可能出乎意料的同时拥有阳光和玫瑰和新老朋友和最理想的房间和每天都有的发自内心的欢笑。奇遇只会有一次。时过境迁，永不再来。欧洲有一个叫作杜伊斯堡的城市，它就是我的奇遇。

事实上，当我们离开杜伊斯堡的那一天，天气忽然阴沉下来，空中飘起隐隐约约的小雨。分明是一个伤感的离别，也是天赐的。

日子一晃就过去了半年多了，杜伊斯堡的轮廓在时间的过滤中日渐一日地从我记忆里抽象出来。那是一个没有僵硬的高楼大厦的典雅小城，到处是一片一片的草坪，肥嘟嘟的樱花盛开在街头，人行道边常常斜探出一两枝郁金香。大街上见不到警察。地铁和公共汽车总是不停地循环着，哪怕无人上车——在杜伊斯堡你会觉得你的世界很大很清幽。人的生活在杜伊斯堡是精美和充满韵致的，城里的每一扇窗都被鲜花，瓷器，古董和洁白的挑花窗帘装饰得非常漂亮。鸽子，教堂钟声，露天酒吧，只要有桌子就会有浓香的咖啡，玻璃杯里时刻被斟满金色的啤酒。清早老人喜欢在小径上遛狗。偶尔会见到一个少年，猫着腰，飞快地蹬着山地车疾风般地驰过，是在人行道和汽车道之间的自行车道上，为大街划出了一道流线型的生动。你看，这难道不是一个美妇人般平和而宁静的城市？我恰好就是最喜欢这种风格的地方的。但我没有。天生就没有。全靠做梦。好在做人总有梦，至少睡眠会给予。